REBIRTH ACE 리버스 에이스

KB012957

REBIRTH ACE 리버스 에이스 2

한승현 장편 소설

초판 1쇄 찍은 날 | 2016년 8월 23일
초판 1쇄 펴낸 날 | 2016년 8월 30일

지은이 | 한승현
펴낸이 | 예경원

기획 | 위시북스
편집책임 | 박우진
편집 | 이즈플러스

펴낸곳 | 예원북스
등록번호 | 제396-2012-000132호
등록일자 | 2012. 7. 25
KFN | 제1-022호

주소 | 경기도 고양시 일산동구 호수로 646-24 위너스21 II 빌딩 206A호 (우)10401
전화 | 031-819-9431 팩스 | 031-817-9432
E-mail | yewonbooks@naver.com

ISBN 979-11-5845-484-5 04810
     979-11-5845-486-9 (set)

REBIRTH ACE
리버스 에이스

WISHBOOKS MODERN FANTASY STORY

한승헌 장편소설

2

동명고의 에이스

Wish Books

CONTENTS

8장
담금질

1

정훈아, 찬오 형이다. 치료는 끝났니?

네, 조금 전에 끝나서 집에 가는 중입니다. 그렇지 않아도 인사드리려고 했는데 먼저 가셔서 아쉬웠어요.

그렇게 아쉬우면 내일 얼굴이나 볼까? 주말이니까 훈련 없지?

정말요? 저야 감사하죠! 어디로 갈까요?

오늘 만난 병원 건물 있지? 거기 1층 커피숍에서 2시쯤 볼까?

네! 알겠습니다.

그래, 내일 보자.

네! 선배님!

2

그날 밤.

"잠깐, 그러고 보니 찬오 선배가 곧 감독이 되지 않나?"

박찬오와 만날 생각에 잠을 이루지 못하던 한정훈이 벌떡 몸을 일으켰다. 그리고 머리맡에 놓아두었던 태블릿을 집어 들고 웹 검색을 시작했다. 아직까지 청소년 대표팀 감독을 선임한다는 기사는 나오지 않았다. 하지만 일부 커뮤니티에서 청소년 대표팀 감독에 박찬오를 선임하자는 말들이 나돌고 있었다.

"맞아, 이맘때야. 틀림없어."

기억을 더듬으며 한정훈이 눈을 빛냈다.

정확한 날짜까지는 기억나지 않지만 박찬오가 청소년 대

표팀 감독이 되는 것만큼은 확실했다.

"쿠바한테 지고 그만뒀던가? 어쨌든 그다음에 국대 코치를 하다가 이글스 감독까지 했으니까."

기억의 실마리를 잡아당기자 박찬오에 대한 기억들이 줄줄이 딸려 올라왔다. 그럴수록 한정훈의 표정은 진지해져만 갔다.

처음 박찬오를 만났을 때만 하더라도 운이 좋다고 여겼다. 그런데 불현듯…… 박찬오를 만나기 위해 과거로 돌아온 게 아닐까란 생각마저 들었다.

물론 비약일 수도 있었다. 단순히 박찬오 때문에 과거로 돌아온 것이라면 그전에도 인연이든 악연이든 뭔가 연관이 되어 있어야 했다. 하지만 본래의 삶에서 한정훈은 박찬오와 만난 적이 단 한 번도 없었다.

그런데 다시 과거로 돌아와서는 운명처럼 박찬오를 만났다.

연습 경기에서 마운드에 오르고 어깨를 다친 탓에 우연히 박찬오를 만나게 된 것일까?

아니면 과거로 되돌린 누군가가 박찬오와의 만남을 이어주기라도 한 것일까.

한정훈의 머릿속이 복잡해졌다. 고민한다고 해서 답이 나올 문제는 아니었지만 그렇다고 될 대로 되라는 식으로 넘기기가 쉽지 않았다.

단순히 우연이라고 여기기에는 박찬오를 만난 시점이 묘했다. 박찬오는 이제 곧 청소년 대표팀 감독이 된다. 그리고 그 경험을 발판 삼아 지도자로 제2의 인생을 시작한다.

전직 메이저리거 박찬오에서 지도자 박찬오로. 그 전환점에서 한정훈은 박찬오를 만났다. 그것도 박찬오의 미래를 아는 상태로 말이다.

"고작 찬오 선배한테 잘 보여서 나중에 이글스 코치를 하라는 소리는 아닐 테고. 그럼…… 청소년 대표라도 되란 말인가?"

무엇이 정답인지는 알 길이 없었다. 어쩌면 이번 생에서는 여러 야구인들과 두루두루 교류하라는 뜻에서 박찬오를 만나게 된 것일지도 몰랐다.

하지만 기왕에 과거로 돌아와 박찬오를 만났으니 한정훈은 이 기회를 잘 활용하고 싶었다.

'일단은 찬오 선배와 친해진 다음에…… 노하우를 습득하자.'

한정훈은 생각을 정리했다. 박찬오가 청소년 대표팀 감독이 된다는 사실을 안다고 해서 굳이 조바심을 낼 필요는 없었다.

박찬오와 좋은 관계를 유지하다 보면 자연스럽게 많은 도움을 받게 될 것이다. 그 과정에서 박찬오처럼 160㎞/h에 육박하는 패스트볼을 던지며 메이저리그를 호령하면 좋겠지만 그러지 못한다 하더라도 지난번보다는 더 나은 투수로 성장할 수 있을 터였다.

"이럴 게 아니라 찬오 선배 영상이라도 좀 찾아봐야겠다."

한정훈은 자리에서 일어나 본격적으로 박찬오 탐구에 나섰다. 박찬오의 개인적인 기록은 물론이고 주요 경기 활약상까지. 박찬오의 환심을 살 수 있을 만한 이야깃거리들을 빠짐없이 훑어보았다.

그렇게 박찬오의 최근 행보까지 뉴스 검색을 마쳤을 때는 이미 창밖이 훤해진 상태였다.

"9시 반이라. 세 시간밖에 못 자겠네."

혹시 일어나지 못할까 봐 몇 개의 알람을 맞춰 놓은 뒤 한정훈은 기절하듯 잠을 청했다. 그리고 한 삼십 분쯤 지났을까. 악몽처럼 알람 소리가 귓가를 파고들기 시작했다.

3

알람 소리에 겨우 겨우 잠에서 깬 한정훈은 아침도 거르고 서둘러 커피숍으로 향했다. 그러나 커피숍에서 한정훈을 기다리고 있던 건 박찬오가 아닌 낯선 여자였다.

"한정훈 선수죠? 반가워요. 김미영이라고 해요."

"……?"

"박찬오 대표님 기다리고 있는 거 아니에요?"

"그렇습니다만……."

"원래 대표님하고 같이 오기로 했는데 갑자기 일이 생기셔서요. 저 혼자 오게 됐어요."

"……예?"

"못 미더우시면 대표님께 확인해 보셔도 상관없어요."

한정훈은 영문을 몰라 눈만 끔뻑거렸다. 설마하니 박찬오가 처음 본 고등학생에게 소개팅을 시켜주려는 것은 아닐 터. 이 상황을 어찌 받아들여야 할지 난감하기만 했다.

그때였다.

지이이잉.

손에 쥔 핸드폰이 울리더니 액정 화면 위로 박찬오가 보낸 문자메시지가 떠올랐다.

정훈아, 미안하다. 형이 갑자기 일이 생겨서 내가 보낸 김미영 씨는 만났지? 좋은 사람이니까 잘 이야기해 봐.

'뭐야, 정말 소개팅인 거야?'

내용을 확인한 한정훈의 표정이 더욱 복잡하게 변했다. 눈앞의 여자가 상당한 미인이긴 하지만 기껏 과거로 와서 또다시 연상의 덫에 치이고픈 생각은 없었다.

그런 한정훈의 불편한 속내가 전해진 것일까.

"혹시 대표님께 온 문자 아니에요?"

김미영이 넌지시 물었다.

"네, 맞아요."

한정훈이 고개를 끄덕였다. 하지만 박찬오의 문자 메시지 한 통으로 이 당혹스러운 상황이 전부 설명되는 것은 아니었다.

그러나 김미영은 고등학교 1학년답지 않은 한정훈의 경계심이 못내 서운한 모양이었다.

"그런데도 아직 제가 의심스러워요? 혹시 제 이름 사칭하는 그 김미영 팀장 때문에 그러는 건 아니죠?"

"예?"

"에효, 이름을 바꾸던가 해야지. 그리고 저 이래 봬도 의대 나온 여자예요."

"아, 네."

뜬금없이 이어지는 김미영의 멘트에 한정훈은 피식 웃고 말았다. 무슨 이유 때문에 이 자리에 나왔는지는 모르겠지만 심성이 나쁜 사람 같지는 않다는 생각이 들었다.

"아 참. 내 정신 좀 봐. 아직까지 명함도 안 드렸네요."

한정훈의 경계심이 조금 누그러지자 김미영은 그제야 명함을 건네주었다.

베이스 볼 61.

소속 재활 전문의 김미영.

베이스볼 61은 박찬오가 작년에 만든 야구 전문 회사였다. 그리고 박찬오를 대표라 칭한 것처럼 김미영은 그곳에 재활 전문의로 일하고 있었다.

"그런데 저는 왜……?"

한정훈의 시선이 다시 김미영에게 향했다. 이쯤 되면 얼추 답은 나온 상태였지만 그래도 당사자의 입을 통해 정확하게 확인해 볼 필요가 있었다.

그러자 김미영이 기다렸다는 듯이 입을 열었다.

"제가 이번에 재활과 관련된 논문을 준비 중이거든요. 실제 연구 사례가 필요한데 대표님께서 때마침 한정훈 선수 이야기를 해주셔서요. 그래서 말인데…… 만약 한정훈 선수가 허락해 준다면 제가 연구한 최신 치료 기법을 통해 한정훈 선수의 재활 치료를 돕고 싶은데, 어떻게 생각하세요?"

"……!"

파격적인 김미영의 제안에 한정훈의 입이 쩍 하고 벌어졌다. 기껏해야 김미영이 재활에 대한 의학적인 조언 정도를 해줄 것이라 여겼는데 최신 치료 기법이라니. 이건 쉽게 받아들이기 어려운 호의였다.

게다가 김미영은 화두에 논문 연구 목적이라고 밝혔다. 서로 돕고 돕는 것이니 따로 치료비를 걱정을 할 필요도, 부담을 가질 필요도 없다는 소리였다.

연습 경기 이후 휴식을 취하며 김정민 정형외과를 빠지지 않고 다닌 덕분에 회전근개염으로 인한 어깨 통증은 대부분 사라진 상태였다. 다음 주에 최종 검사를 받기로 했지만 한정훈은 내심 재활 운동을 재개할 시점이 왔다고 판단하고 있었다.

부상은 당하지 않는 게 최선이었다. 그러나 야구 선수로 살면서 크고 작은 부상 한두 번 겪어보지 않는 이는 없었다.

한정훈도 야구 인생을 통틀어 4번의 부상 경력이 있었다.

첫 번째 부상은 프로 입단 직후 찾아왔다. 선발 진입을 위해 패스트볼의 구속을 끌어올리는 과정에서 이번처럼 회전근개염이 발생한 것이다.

고통이 적잖았지만 한정훈은 구단에 부상을 숨겼다. 데뷔 후 꿈에 그리던 1군 무대에 설 수 있게 됐는데 이 정도로 그 기회를 날릴 수는 없다고 생각한 것이다.

하지만 젊음과 패기로 부상을 참고 버티는 건 한계가 있었다. 결국 회전근개염이 악화되어 회전근개파열로 이어졌고 한정훈은 구단의 징계와 함께 2군으로 쫓겨나고 말았다.

어깨 수술 이후 한정훈은 재활 치료를 겸해 공익 근무 요원으로 군복무를 해결했다. 그때는 차라리 잘된 일이라고 생각했다. 너무 앞만 보고 달려왔으니 몸도 마음도 추스를 시간이 필요하다고 여겼다.

그러나 구단의 체계적인 재활 관리를 받지 못한 후유증은 프로시절 내내 한정훈의 발목을 잡았다.

잠깐 좋아졌던 어깨는 스물일곱 이후 해마다 한정훈을 괴롭혔다. 어깨에 좋다는 약은 빠지지 않고 챙겨 먹었지만 소용없었다. 은퇴할 때까지 세 번이나 더 어깨 부상에 시달려야만 했다.

지긋지긋한 선수 생활을 끝내고 처음 코치가 되었을 때 한정훈은 자신처럼 회전근개파열로 수술을 받은 신인 선수를 보았다. 1군 무대가 코앞이었던 신인 선수는 세상이 망하기라도 한 것처럼 절망하고 또 절망했다.

한정훈은 신인 선수에게서 동병상련을 느꼈다. 1군만 올라가면 모든 게 다 잘 풀릴 줄 알았는데 부상으로 발목 잡힌 그 심정은 겪어본 자들만 이해할 수 있었다.

그러나 구단 측의 철저한 재활 관리를 받은 신인 선수의 미래는 한정훈과 완전히 달랐다. 놀랍게도 1년여 간의 공백을 딛고 1군에 올라가 곧바로 10승 투수 반열에 올라선 것이다.

그때 한정훈이 느낀 박탈감이란 상당했다.

비록 전체 경기 수가 늘어났다 하더라도 10승의 의미는 여전했다. 단 한 번도 10승을 넘지 못한 투수는 잘해도 그저 그런 선수 취급을 받았다. 반면 단 한 번이라도 10승을 거둔 투수는 대우가 달랐다. 이후에 설사 부진하다 해도 쉽게 기회를 박탈당하지 않았다.

신인 선수를 통해 한정훈은 부상 관리도 실력이라는 말을 뼈저리게 체험했다. 그리고 처음으로 부상에 제대로 대처하지 못했던 스스로를 원망했다.

물론 10승 투수가 되지 못한 걸 부상 탓으로만 돌릴 수는 없었다. 그래도 그때, 부상을 숨기지 않고 신인 선수처럼 구단의 치료를 받았다면 어땠을까. 그 아쉬움은 과거로 온 지금까지도 머릿속을 떠나지 않았다.

그래서 한정훈은 연습 경기에서 당한 어깨 부상을 굳이 숨기지 않았다. 오히려 허세명 감독에게는 부풀려 보고했다. 그저 그런 투수로 살았던 지난 생을 답습하지 않기 위해서라도 어깨를 제대로 치료해야겠다는 생각이 들었기 때문이다.

제대로 어깨를 치료하려면 체계적인 재활 프로그램이 필수였다. 체계적인 재활 프로그램을 받기 위해서는 전문 의료 기관의 도움을 받아야 했다. 전문 의료 기관의 도움을 받으려면 결국 돈이 필요했다. 그것도 많으면 많을수록 좋았다. 돈이 많으면 전담 팀을 꾸려 재활에 매진할 수 있었다. 그러나 돈이 부족하다면 의료 기관에서 짜 준 재활 스케줄 표에 따를 수밖에 없었다.

이 문제를 놓고 한정훈은 적잖게 고민하고 있었다. 수중에 있는 돈을 감안하면 치료 기간을 넉넉하게 잡는 게 최선이었다. 그러나 올해 공백을 내년에 만회하기 위해서는 조금이라도 빨리 몸을 완치시킬 필요가 있었다.

그런데 김미영에게 생각지도 못했던 제안을 받았으니 기분이 좋을 수밖에 없었다.

'그렇지 않아도 집에 전화를 해야 하나 고민했는데 잘됐네.'

한정훈은 실룩거리려는 입가를 억지로 억눌렀다. 만약 김미영이 농담하는 게 아니라면 그녀의 제안을 거절할 이유가 없었다.

하지만 그렇다고 해서 무턱대고 고개를 끄덕거리는 건 곤란했다. 이 제안을 통해 김미영이 얻는 게 무엇인지 정도는 파악할 필요가 있었다.

"왜 저를 도와주시려는 건데요?"

한정훈이 김미영을 바라봤다. 단순히 박찬오와의 인연 때문이라고 여기기에는 그녀의 제안이 과했다.

김미영의 말처럼 박찬오가 자신의 사정을 일러줬을 수는 있었다. 어쩌면 김미영에게 도움을 주라는 지시까지 내렸을지 몰랐다.

머잖아 청소년 대표팀 감독 되는 박찬오라면, 비록 처음 만났지만 부상을 당한 자신에게 그 정도 관심을 보여 줄 수도 있다고 생각했다. 그러나 김미영은 아니다. 단순히 직원이라는 이유로 고작 고교 야구 선수인 자신의 치료를 발 벗고 나설 까닭이 없었다.

정말 순수하게 연구의 목적인 것일까? 아니면 박찬오와 모종의 거래라도 한 것일까? 그것도 아니라면…… 박찬오의 숨겨둔 애인이라도 되는 것일까?

수많은 생각이 한정훈의 머릿속을 어지럽혔다. 그러나 정작 김미영의 입에서 튀어나온 대답은 수많은 예상 답안들을 완전히 빗나가 버렸다.

"왜요? 내가 싫어요?"

"……네?"

"나 정도면 미인 아닌가? 아니면 연상 취향은 아니에요?"

"허…….''

한정훈은 순간 할 말을 잃었다. 한 번도 아니고 자꾸 이런 식이면 자신을 놀리는 것 밖에 되지 않았다.

그러나 김미영도 한정훈와 말장난을 하기 위해 황금 같은 토요일을 반납한 게 아니었다.

"그런데 고등학교 1학년 아니에요?"

"맞는데요."

"그럼 뭘 그렇게 쓸데없이 따지고 그래요? 이렇게 예쁜 누나가 도와주면 감사합니다, 해야지. 안 그래요?"

"그래도……."

"뭐 정 고마우면 나중에 잘되면…… 날 전담 의사로 고용해 줘요. 그때 밀린 이자까지 잔뜩 주고. 어때요?"

김미영이 어른스럽게 한정훈을 달랬다. 한정훈이 박찬오의 말대로 크게 성장할지는 지켜봐야겠지만 설사 프로에 진출하지 못하더라도 상관없었다. 한정훈의 치료 결과를 논문에 반영할 수 있다면 그것만으로도 충분했다.

하지만 정작 한정훈은 나중에 잘되면 보답하면 된다는 김미영의 말이 허투루 들리지 않았다. 다른 이들은 몰라도 한정훈은 자신의 미래를 어느 정도 알고 있었다. 그리고 지난 미래보다 더 나은 미래를 만들기 위해 노력하고 있었다.

정말로 김미영은 자신의 미래를 보고 투자를 하려는 것이라면 그녀의 선택을 후회하지 않게 만들어줄 생각이었다. 그렇게 보답할 수 있다면 한정훈도 더는 망설일 이유가 없었다.

"알겠습니다. 잘 부탁드려요."

한정훈이 이내 고개를 끄덕였다.

"나야말로 잘 부탁해요."

초조함이 감돌던 김미영의 얼굴에도 비로소 환한 웃음이 번졌다.

4

찬오 선배님, 정말 감사합니다.

김미영과 헤어진 후 한정훈은 박찬오에게 감사의 문자를
보냈다.

감사는 나중에 잘되면 해라. 걱정했는데 이야기가 잘됐다니 다행
이다. 그리고 미영 씨가 좀 엉뚱하더라도 이해해라. 예쁘다는 소리
자주 해주고. 알았지?

답장을 확인한 한정훈은 가슴 한구석이 뭉클해졌다. 만나
지 못한 게 아쉽긴 했지만 처음 본 자신을 이렇게까지 챙겨
주는 박찬오가 그저 고맙기만 했다.

그래서일까. 한정훈은 박찬오가 보낸 엉뚱하다는 단어를
대수롭지 않게 흘려 넘겼다. 엉뚱하다는 말을 장난스럽고 쾌
활하다는 정도로 받아들인 것이다.

그러나 박찬오는 한국어 실력이 부족해 엉뚱하다라는 표
현을 쓴 게 결코 아니었다.

"정훈아, 누나가 말 편하게 해도 괜찮지?"

재활 치료를 시작할 때만 해도 김미영은 친누나보다도 더

살갑게 한정훈을 대했다. 남녀 사이라고 거리를 두지 않았고 의사랍시고 거만을 떨지도 않았다. 대신 한정훈이 치료 과정 전반을 이해할 수 있도록 하나하나 세세하게 일러주면서 적극적인 협조를 이끌어내려 했다.

"재활 치료는 보통 네 단계의 과정이 있거든? 그중에서 정훈이 너는 이제 두 번째 단계에 와 있는 상태야."

재활 치료의 첫 번째 단계는 염증과 통증을 조절하는 것이다.

한정훈은 근 한 달여간 김정민 정형외과에서 꾸준히 치료를 받으며 염증을 빠르게 가라앉혔다. 약도 빼먹지 않고 잘 챙겨 먹고 푹 쉬면서 어깨에 무리가 가는 짓은 일절 하지 않았다. 덕분에 회전근개염으로 인한 통증은 완전히 사라진 상태였다.

김정민 정형외과의 최종 검사 결과도 한정훈이 자각하는 것과 크게 다르지 않았다. 그래서 김미영은 곧바로 다음 단계의 재활 치료를 진행할 수 있었다.

재활 치료의 두 번째 단계는 관절의 가동 범위를 회복하는 것이다. 회전근개에 염증이 생기면서 주변의 관절들과 근육이 덩달아 위축이 됐는데 이 녀석들을 운동에 적합한 수준으로까지 되돌려 놓는 과정이었다.

"운동이 쉽고 반복적이라 좀 지루할 수도 있지만 대충 하고 넘어가면 안 돼. 알았지?"

2단계 치료에 앞서 김미영은 한정훈에게 신신당부를 했다. 이 단계에서 진행되는 재활 운동은 스트레칭이나 튜빙 운동 같은 유연성 운동이 대부분이었다. 그래서 격한 운동을 해온 운동선수들은 좀이 쑤셔서 빨리 다음 단계로 넘어가려고 서두르는 경향이 있었다.

그러나 관절과 근육의 운동성이 어느 정도 회복되지 않은 상태에서 무리한 운동을 시작할 경우 염증이 다시 재발할 가능성이 높았다. 특히나 한정훈은 수술이 아닌 약물 치료로 증상을 완화시켰기 때문에 2단계 과정을 대단치 않게 여길지도 모른다고 걱정했다.

하지만 정작 한정훈은 지나치리만치 진지하고 열심이었다. 이미 몇 번의 재활 경험이 있다 보니 절대 조바심을 내지 않았다. 김미영이 지시하는 운동을 철저히 소화하며 관절과 근육들을 빠르게 회복시켜 나갔다. 덕분에 2단계 치료는 김미영의 예상보다 훨씬 빨리 끝이 나 버렸다.

"이야, 너 회복력 장난 아니다. 역시 젊어서 그런가? 그럼 이제부터는 좀 빡세게 해볼까?"

김미영은 한정훈의 놀라운 회복 속도에 감탄했다. 열일곱 살 운동선수들의 회복력이 원래 좋다고는 하지만 한정훈은 거기에 더해 성실하기까지 했다.

본래 김미영은 한정훈의 신체 능력을 20대 초반 선수들의 평균치 정도로 잡았다. 그래서 그 수준에 맞게 2단계 재활 치료를 진행했다. 그러나 한정훈이 보여 준 회복 그래프는 20대 초반 선수들의 평균치를 훌쩍 뛰어넘고 있었다.

그래서일까. 김미영은 조금 더 욕심을 부렸다. 한정훈을 일반 비교 실험군에서 우수 실험군으로 올려 버린 것이다.

자연스럽게 한정훈의 신체 능력 기대치는 20대 초반 선수의 상한선까지 올라갔다. 그 기대치에 맞게 한정훈의 3단계 재활 스케줄도 대폭 상향 조정되었다.

5

재활 치료의 세 번째 단계는 근력과 지구력 강화다. 염증 치료 및 운동성 회복을 하는 과정에서 약해진 근력과 지구력을 손상 직전의 상태 수준으로 되돌리는, 재활 치료에서 가장 중요한 과정이었다.

한정훈도 3단계부터 조금 더 주도적으로 재활 운동을 시작하려 마음먹었다. 김미영이 3km 러닝을 요구하면 4km를 달리고 3세트의 근력 운동을 주문하면 한 세트를 더 해볼 작정이었다.

당초 김미영이 계획한 3단계 재활 기간은 6주 정도였다.

한정훈은 자신이 120퍼센트 노력한다면 이 기간을 한 주 정도 앞당길 수 있다고 여겼다.

그러나 김미영이 재설정한 목표는 달랐다. 맞춤형 재활 프로그램을 통해 한정훈의 신체 능력을 기대치 이상으로까지 끌어올릴 생각이었다.

모든 운동선수가 부상을 두려워하는 이유는 재활 과정이 힘들어서가 아니다. 재활을 모두 마치고 돌아왔을 때 부상 이전의 실력을 회복할 수 있을지에 대한 확신이 없어서였다.

하지만 부상을 입은 선수가 맞춤형 재활을 통해 부상 전보다 신체 능력이 향상된다면 본래의 실력을 되찾는 것도 불가능한 일만은 아니었다. 물론 아직까진 이론적인 이야기에 불과했지만 한창때인 한정훈이라면 분명 기대 이상의 성과를 보여 줄 것 같았다.

그래서 김미영은 착한 누나 콘셉트를 집어던져 버렸다. 고등학교 1학년인 한정훈의 정신적인 측면까지 고려해서 살갑게 굴긴 했지만 솔직히 성격에 맞지 않는 짓이었다.

덕분에 한정훈은, 박찬오가 말했던 엉뚱한 김미영이 무엇인지를 뼈저리게 경험하게 됐다.

"누나, 3㎞ 다 뛰었는데요?"

"뭐? 벌써? 그럴 리가 없어. 너 한 바퀴 덜 뛰었지?"

"아니거든요?"

"시끄럽고. 처음부터 다시 뛰고 와. 인간이 3㎞를 달렸는데 땀을 고작 그것밖에 안 흘린다는 게 말이 되니?"

"아, 진짜!"

"어? 너 지금 짜증내는 거야? 이런 식으로 나오면 대표님한테 다 이른다? 정훈이가 여자라고 막 무시한다고. 핸드폰붙잡고 눈물 한 번 짜 봐?"

"크으으으! 알았어요. 뛰면 되잖아요!"

한정훈은 늘 열심이었지만 김미영은 매번 그 이상을 요구했다. 어제 2㎞를 뛰고 오늘 3㎞를 뛰었다고 해서 쉽게 칭찬하는 법이 없었다. 호흡이 틀어졌다거나 요령을 부렸다거나하는 식으로 최대한의 운동 효율을 뽑아내려 했다.

게다가 김미영은 악독했다. 근력 운동을 할 때면 이만하면 됐겠지라고 생각하는 순간부터 운동 강도를 높여 정신력의 한계에 도달할 때까지 밀어붙였다. 그 방법도 가지가지였다. 정신없이 몰아붙이기도 하고 자존심을 벅벅 긁어 대기도 했다.

"하나만 더! 하나만 더! 진짜 하나만 더! 마지막으로 하나만 더! 정말 마지막으로 하나만 더! 옳지. 그래, 잘했어. 이제부터 20초 쉬어."

"허억, 허억."

"뭘 그렇게 헐떡거려? 야, 고작 그거 했다고 안 죽어."

"이번엔 스무 개만 한다면서요?"

"그래서? 몇 개 더 했다고 화내는 거야?"

"이게 얼마나 힘든지 알아요?"

"어이고. 따박따박 말대꾸하는 거 보니까 아직 멀쩡하네. 그런 의미에서 이번엔 딱 서른 개만 하자."

"서, 서른 개요?"

"왜? 많아? 힘들어? 그래. 그럼 29개만 해라. 사내놈이 고작 서른 개도 못 해서 어디에 쓰겠어? 아니, 스무 개만 해. 그게 딱 네 수준인가 보다, 야."

"크으윽!"

한정훈은 빠득 이를 갈았다. 과거에도 구단 트레이너를 통해 재활 치료와 관리를 받았지만 이처럼 혹독하게 시달리진 않았다.

정해진 목표를 두고 차근차근 횟수와 강도를 높이다 보면 어느새 3단계 재활 과정은 끝이 나 있었다. 그때의 경험을 기준 삼아 더 열심히 하려 했는데 김미영은 그것만으로는 성이 차지 않는 모양이었다.

그렇다고 김미영이 혹독한 교관 역할만을 하는 건 아니었다. 훈련을 끝마치고 넝마가 되어 쓰러지면 직접 마사지를 해주었다.

"일단 근력은 거의 다 회복이 된 것 같지만 기왕 재활하는 김에 조금 더 고생하자. 응? 투수의 어깨는 소모품이라잖아.

어렸을 때 조금이라도 악착같이 운동해 놔야 나이 들어서도 버틸 수 있지 않겠어?"

김미영이 어르고 달랠 때마다 한정훈의 짜증도 가라앉았다. 프로에 데뷔조차 하지 못한 선수들은 코웃음을 치겠지만 어려서 몸을 잘 만들어 놓는 게 좋다는 그녀의 조언은 틀린 게 하나 없었다.

물론 성장기에 지나친 근력 운동은 몸의 균형을 망칠 수도 있었다. 그러나 다행히도 한정훈의 신체는 중학교 3학년 무렵에 성장이 거의 끝이 난 상태였다.

"이거 언제까지 해야 해요?"

한정훈이 축 늘어진 목소리로 물었다. 재활 3단계에 접어든 지도 벌써 4주가 지났다. 당초 계획까지는 2주가 남았지만 지금까지 운동한 것만 해도 충분하다 못해 넘칠 지경이었다.

그러자 김미영이 악마처럼 속삭였다.

"다음 주에 너 하는 거 봐서."

마치 다음 주에 끝내 줄 것 같은 김미영의 제안에 한정훈은 또다시 미친 듯이 재활에 매진했다. 하지만 김미영은 약속을 지키지 않았다. 이토록 말 잘 듣는 실험체(?)를 이 정도에서 놔주고 싶진 않았다.

"좋은 소식과 나쁜 소식이 있어. 뭐부터 들을래?"

"나쁜 소식이라면…… 한 주 더 해요?"

"와우, 우리 정훈이 눈치 쩌는데?"

"아 진짜! 열심히 했잖아요!"

"그래, 알아. 우리 정훈이 엄청 열심히 한 거. 그래도 조금만 더 하면 더 좋아질 거잖아. 안 그래?"

"하아⋯⋯."

"사내자식이 한숨은. 대신 이번 한 주까지 잘 따라오면 누나가 쿨하게 데이트 해준다!"

"됐거든요. 저 연상 취향 아니거든요?"

"쳇, 야박한 자식. 그럼 내가 좋은 선생님 한 명 붙여 줄게. 어차피 슬슬 공을 던져야 하잖아. 안 그래?"

김미영은 한가한 투수 코치를 소개시켜 주겠다는 말로 마지막 한 주까지 한정훈을 괴롭혔다. 덕분에 한정훈의 정신력은 바닥을 기었지만 어깨는 2년간의 공익 근무 요원을 마치고 복귀했던 때보다도 더 쌩쌩해진 기분이었다.

그렇게 6주간의 재활 3단계가 끝이 났다. 그리고 재활의 마지막 단계가 시작됐다.

재활 치료의 네 번째 단계는 세 번째 단계의 연장선상에 있었다. 달라진 게 있다면 야구 선수로서 공을 손에 쥘 수 있게 됐다는 것이다.

"이게 얼마 만이냐."

까글까끌한 야구공의 실밥을 매만지며 한정훈이 씩 웃었

다. 부상 이후 공을 잡는 데 고작 세 달이 걸렸을 뿐이지만 느낌은 꼭 3년은 지난 기분이었다.

마음 같아선 당장 포수를 앉혀 놓고 패스트볼을 꽂아 넣고 싶었다. 하지만 당장 투구는 무리였다. 일단은 캐치볼부터 시작하며 공을 던지는 감각을 되살려야 했다.

"그런데 언제 오는 거야?"

한정훈이 주변을 두리번거렸다. 분명 공원에 가면 캐치볼 할 상대가 있을 거라는데 아무리 찾아봐도 글러브를 낀 사람은 없었다.

그때였다.

"거기, 학생. 혹시 캐치볼 상대 필요하지 않아?"

한정훈의 등 뒤에서 중저음의 목소리가 들려왔다.

"……!"

깜짝 놀란 한정훈이 몸을 돌렸다. 그러다 목소리의 주인공을 알아보고는 한 걸음 뒤로 물러섰다.

광주 타이거즈의 베테랑 투수 서재훈.

박찬오와 비슷한 시절에 메이저리그에서 활약했던 그 서재훈이 틀림없었다.

"반가워, 서재훈이야."

서재훈이 먼저 손을 내밀었다. 초면임에도 나이스 가이라는 별명처럼 그의 입가에는 한가득 미소가 번져 있었다.

"아, 예. 선배님. 한정훈이라고 합니다."

한정훈이 반사적으로 서재훈의 손을 맞잡았다. 설마하니 이런 곳에서 전직 메이저리거 출신 서재훈을 만나게 될 줄이야. 과거로 돌아온 게 꼭 메이저리거를 실컷 만나라는 하늘의 뜻인 것만 같았다.

하지만 한정훈이 서재훈을 만난 건 박찬오 때처럼 우연이 아니었다.

"차가 막혀서 좀 늦었어. 혹시 많이 기다렸어?"

"예?"

"뭐야? 미영이한테 아무 이야기도 못 들은 거야?"

"아……!"

뭔가를 깨달은 한정훈이 자신도 모르게 탄성을 터뜨렸다. 오늘 자신과 캐치볼을 할 상대가 다름 아닌 서재훈이라! 그저 사인 받을 생각에 들떠 있던 한정훈은 뒤통수를 쾅 하고 얻어맞은 기분이었다.

그러자 서재훈이 알 것 같다는 표정을 지었다.

"반응을 보아하니 미영이가 또 이상한 소리를 했구나?"

"아, 아닙니다."

"아니긴 뭐가 아니야. 분명이 한물간 아저씨가 한 명 기다리고 있을 거라고 했겠지. 안 그래?"

김미영의 성격을 누구보다 잘 아는 서재훈이 확신에 찬 목소리로 말했다.

"하, 하하. 그렇게까지 심하게 말하진 않았어요."

한정훈은 그저 멋쩍게 웃을 수밖에 없었다. 표현의 차이가 있긴 하지만 서재훈의 예상은 김미영이 한 말과 크게 다르지 않았다. 오히려 무척이나 한가한 아저씨라는 설명까지 덧붙여 한정훈의 기대감을 잔뜩 깎아내리기까지 했다. 그래서 한정훈도 자신의 훈련을 도와줄 상대에 대해 아무런 기대도 하지 않고 나왔다.

그런데 그 상대가 전직 메이저리거 서재훈이라니!

'누님! 고맙습니다! 사랑합니다!'

김미영이 옆에 있다면 정말 뽀뽀라도 해주고 싶은 기분이었다.

"후우, 캐치볼 하기 딱 좋은 날씨네."

서재훈이 맑은 하늘을 올려다보며 중얼거렸다. 야구 선수로서 오늘 같은 날 공을 던질 수 있다는 건 무척 즐거운 일이었다.

"어쨌든 오늘 잘 부탁합니다, 후배님."

서재훈이 모자를 벗으며 가볍게 고개를 숙였다.

"저야말로 잘 부탁드립니다, 선배님."

한정훈도 따라서 서재훈에게 90도로 허리를 굽혔다.

6

"이 정도면 되겠지?"

20미터쯤 거리를 벌린 뒤 서재훈이 한정훈을 바라봤다.

"네! 선배님!"

한정훈이 크게 대답했다. 마운드에서 홈 플레이트의 거리가 대략 18.44미터. 마운드의 높이를 감안했을 때 이 정도면 실제 투구 거리라고 봐도 무방해 보였다.

"후우……."

한정훈은 천천히 숨을 골랐다. 그리고 포심 패스트볼 그립을 잡았다.

"떨리네, 이거."

단순히 캐치볼인데도 한정훈은 심장이 두근거렸다. 상대가 서재훈이다 보니 잘 던져야 한다는 부담감이 생겼다.

"정훈아, 무리하지 말고 살살 던져."

서재훈이 웃으며 한정훈의 긴장을 풀어주었다. 김미영에게 듣기로 한정훈이 공을 손에 쥔 게 3개월 만이라고 한다. 일주일 전부터 섀도 피칭을 했다고 하니 아직 완벽하게 제구가 잡힐 리 없었다.

하지만 정작 한정훈이 기합과 함께 내던진 공은 서재훈을 깜짝 놀라게 만들었다.

퍼어엉!

"윽……!"

글러브를 쳐올리며 서재훈이 혀를 내둘렀다.

한정훈이 구사하는 포심 패스트볼의 독특한 궤적에 하마터면 공을 놓칠 뻔한 것이다.

"야아, 너 장난 아니다?"

서재훈의 입에서 절로 감탄사가 터져 나왔다. 구속도 나쁘지 않았지만 무엇보다 무브먼트가 좋았다. 이 정도 무브먼트는 퓨처스 리그에서도 보기 어려울 정도였다.

"죄송합니다, 선배님. 제가 좀 긴장을 해서요."

한정훈이 냉큼 모자를 벗어 서재훈에게 사과했다. 서재훈이 자신의 공에 적응하도록 여유를 가지고 공을 던졌어야 했는데 흥분한 나머지 시작부터 하프 피칭을 하고 말았다.

그러나 서재훈은 괜찮다며 가볍게 글러브를 흔들어 보였다. 비록 은퇴의 기로에 서 있긴 해도 그는 전직 메이저리거였다. 고작 고등학교 1학년 투수가 던진 공 하나 잡아내지 못할 만큼 퇴물은 아니었다.

오히려 서재훈은 한정훈의 공을 제대로 보고 싶었다. 박찬오가 눈여겨보는 한정훈의 능력이 어느 정도인지 직접 확인해 보고 싶었다.

하지만 그때가 지금은 아니었다. 장소도 나빴고, 무엇보다 한정훈이 아직 전력투구를 할 준비가 되어 있지 않았다.

부상 치료를 끝내고 재활을 하는 투수들은 ITP(단계적 투구 프로그램)를 통해 투구 능력을 끌어올린다. 근력이나 지구력이 회복되었다고 무작정 전력투구를 하다가 또다시 부상에 당하는 걸 미연에 방지하기 위해서였다.

서재훈은 투수들 중에서도 ITP를 비롯한 과학적 투구 프로그램의 열렬한 신봉자였다. 자신이 지금까지 현역 생활을 유지하는 데 있어 과학적인 투수 관리가 절대적이었다고 말할 정도였다.

그래서 김미연은 수많은 후보 중에 서재훈을 골랐다. 의욕이 앞서는 한정훈을 제대로 통제할 적임자라고 판단한 것이다.

"정훈아, 공은 참 좋아. 그런데 올해만 야구하고 그만할 거 아니잖아. 그렇지? 오늘은 첫날이니까 너무 무리하지 마라. 나이 든 형도 좀 생각해 주고. 알았지?"

서재훈은 직접 다가와 선배의 마음으로 한정훈을 진정시켰다. 이제 고등학교 1학년. 아마도 첫 부상이었을 테니 자신의 어깨가 멀쩡한지 확인해 보고 싶은 욕심이 드는 건 당연했다. 하지만 재활 프로그램이라는 게 괜히 있는 게 아니었다.

"네, 선배님. 명심하겠습니다."

한정훈도 냉큼 고개를 끄덕였다. 다른 사람도 아니고 서재훈이 직접 시간을 내서 캐치볼을 받아주고 있는데 더 이상 꼴사나운 모습을 보일 수는 없었다.

"후우…… 긴장을 풀고. 가볍게, 가볍게."

호흡을 하며 마음을 가라앉힌 뒤 한정훈이 다시 공을 뿌렸다. 릴리스 시점에서 자신도 모르게 공을 채고 싶단 욕심이 들었지만 힘겹게 참아냈다.

"나이스 볼."

한정훈의 공을 받은 서재훈이 씩 웃으며 소리쳤다. 그저 공을 던지는 재능만 있는 줄 알았는데 금세 스스로를 통제하는 걸 보니 확실히 난놈이라는 생각이 들었다.

투수는 공만 잘 던진다고 되는 게 아니다. 누구보다 이성적이어야 하고 누구보다 절제 능력이 뛰어나야 했다.

그런 점에서 서재훈은 한정훈이 조금 더 마음에 들기 시작했다.

"나이스 볼!"

"나이스 캐치!"

서재훈과 한정훈은 주거니 받거니 롱 토스를 이어갔다. 그렇게 한정훈이 던진 15구째를 받자 서재훈이 잠깐 쉬자는 사인을 보냈다.

ITP상 1세트는 15구. 세트당 9분씩 휴식을 취하는 게 원칙이었다. 메이저리그 시절부터 ITP를 몸에 익힌 서재훈은 그 규칙을 칼같이 지켰다.

반면 이제 막 몸이 달아오르던 한정훈은 아쉽다는 표정이었다.

"몸이 근질근질 하지?"

서재훈이 글러브로 한정훈의 엉덩이를 툭 때렸다. 투수로서 황혼기에 접어든 자신과는 달리 한정훈은 이제 한창때였다. 고작 롱 토스 15개로는 간에 기별조차 가지 않을 게 뻔했다.

그러나 투수의 어깨가 소모품이라는 걸 감안한다면 더 체계적으로 관리해 줄 필요가 있었다.

"아닙니다. 괜찮습니다."

서재훈에게 속내를 들켜 버린 한정훈이 뒷머리를 긁적거렸다. 만약 다른 사람이었다면 조금 더 공을 받아달라고 떼라도 써 봤겠지만 서재훈에게는 차마 그럴 수가 없었다.

하지만 9분간의 휴식이 한정훈의 생각처럼 아깝게 낭비되는 시간만은 아니었다.

"공을 오랜만에 던지니까 어때? 기분 좋아?"

"네, 이제 숨 좀 쉬는 것 같습니다."

"그 기분 나도 잘 알지. 그래도 조심해. 어깨가 조금이라도 뻐근하거나 당기면 바로 이야기하고. 알았지?"

"네, 선배님."

서재훈은 휴식 때마다 한정훈과 간식을 나눠 먹으며 몸 상
태를 세세하게 체크해 주었다. 또한 자신이 재활 훈련을 했
던 경험을 공유하며 한정훈을 독려했다. 덕분에 한정훈은 꼭
구단 트레이너와 함께 훈련하는 것 같은 안도감이 들었다.

"이제 적당히 몸이 풀렸으니까 거리를 좀 벌려 볼까?"

휴식을 끝낸 뒤 서재훈은 본래보다 몇 발자국 뒤로 물러
섰다.

대략 거리는 25미터.

처음보다 고작 5미터가 늘어난 것뿐이지만 한정훈은 신중
하게 공을 던졌다.

후우웅!

낮은 포물선을 그리던 공이 서재훈의 머리 위쪽에서 잡혔다.

"나이스 볼!"

서재훈이 웃으며 공을 돌려주었다. 그리고 그 공은 정확하
게 한정훈의 가슴팍에 도착했다.

"와우."

한정훈의 입에서 절로 감탄이 터져 나왔다. 거리가 5미터
가 벌어졌는데도 완벽하게 공을 제구 하는 서재훈의 모습에
경외감마저 들었다.

조금 전까지 한정훈과 서재훈은 20미터 거리에서 총 15구를 주고받았다. 당연히 어깨의 관절과 근육, 신경 등은 20미터의 거리에 익숙해진 상태였다.

이 상태에서 갑자기 5미터의 거리를 늘려서 초구에 정확한 목표 지점으로 공을 집어넣을 수 있는 확률은 어느 정도나 될까. 괜히 서재훈을 컨트롤 아티스트. 서덕스. 아트 피쳐라 부르는 게 아니었다.

"후우……."

호흡을 가다듬으며 한정훈은 단단히 공을 쥐었다. 그리고 서재훈의 가슴 쪽을 노려보았다. 거리가 5미터가 늘어났다면 어떤 각도로 던져야 포물선을 그린 공이 서재훈의 가슴에 도착할 수 있을까.

산술에 능한 사람이라면 공식을 이용해 원하는 답을 산출해 낼지도 몰랐다. 그러나 한정훈은 숫자와는 담을 쌓은 상태였다. 설사 그 답을 알고 있다고 해도 공을 던지는 각도와 힘을 수치적으로 조정한다는 건 쉽지 않은 일이었다.

'아까보다 조금만 낮게.'

한정훈은 초구보다 공을 조금 더 앞쪽에서 놓았다. 그러자 쭉 뻗은 공이 서재훈의 얼굴 쪽에 도착했다.

"나이스 볼!"

서재훈이 호들갑스럽게 소리쳤다. 단순히 한정훈의 기를

살려 주기 위해서가 아니었다. 단 1구만에 공의 궤적을 이 정도로 조절할 수 있다는 게 그저 놀랍기만 했다.

'저 녀석, 천재인가?'

서재훈은 한정훈에게 다시 공을 돌려주었다. 흥분한 마음에 포구점이 살짝 벗어나긴 했지만 신경 쓰지 않았다.

"정훈아! 여기!"

서재훈이 자신의 가슴 위쪽으로 글러브를 내밀며 소리쳤다. 이번 공을 통해 한정훈이 정말 2구를 컨트롤한 것인지, 아니면 우연의 일치인지 확인해 보고 싶었다.

"후우……."

길게 호흡한 뒤 한정훈은 2구보다 조금 더 앞쪽으로 공을 끌고 갔다. 그러자 손끝을 빠져나간 공이 기어코 서재훈의 가슴팍으로 날아들었다.

"허……!"

글러브에 박힌 공을 내려다보며 서재훈이 헛웃음을 흘렸다. 어쩌면 우연일지도 모른다고 여겼는데 2구에 이어 3구까지 컨트롤하는 걸 보니 타고난 게 틀림없었다.

"정훈아, 잘했어. 거리가 늘어났다고 해서 무조건 힘으로만 던지면 어깨에 무리가 가거든."

15구의 캐치볼이 끝나자 서재훈은 기다렸다는 듯이 한정훈을 칭찬했다. 초구와 2구를 제외하고 한정훈은 모든 공을 서재훈의 가슴 쪽으로 보냈다. 그것도 나중에 던진 5구는 글러브를 움직일 필요조차 없었다.

"그냥 선배님 하시는 거 보고 따라했습니다."

한정훈이 모든 공을 서재훈에게 돌렸다. 캐치볼을 하면서 서재훈만 한정훈을 신경 쓰는 게 아니었다. 한정훈도 전직 메이저리거의 움직임 하나하나를 놓치지 않으려고 눈에 불을 켜고 있었다.

"짜식이."

서재훈이 씩 웃으며 한정훈의 엉덩이를 툭 하고 때렸다. 재능 있는 어린 선수들은 대부분 제 잘난 맛에 살게 마련인데 한정훈은 그러지 않아서 더 마음에 들었다.

휴식이 끝나자 서재훈은 거리를 다시 30미터로 벌렸다. 한정훈은 침착하게 공을 던졌다. 4구째까지 포구점을 찾지 못했지만 5구째부터는 안정적으로 서재훈의 글러브 안에 공을 집어넣었다.

35미터 롱토스와 40미터 롱토스도 마찬가지였다. 처음 4구째까지는 포구점이 제각각이었지만 5구째부터는 서재훈의 가슴 쪽으로 공을 뿌려댔다. 그것도 스텝을 밟으며 던지는데 말이다.

"허……! 진짜 무서운 놈이네."

어느새 자신보다 더 정확하게 공을 던지는 한정훈을 바라보며 서재훈이 고개를 절레절레 흔들어 댔다. 어린 친구가 어깨를 다쳐 고생한다기에 한 수 가르쳐 주러 왔는데 오히려 한 수 배우는 기분이었다.

"정훈아. 오늘은 여기까지만 하자."

40미터 롱토스를 3차례 더 반복한 뒤 서재훈이 만족스러운 얼굴로 말했다. 본래 ITP상으로는 최대 50미터까지 롱토스를 하도록 되어 있지만 선수들마다 활용하는 방식은 다들 달랐다.

"네, 선배님. 오늘 정말 감사했습니다."

한정훈이 서재훈에게 깊숙이 고개를 숙였다. 현역 프로 선수가 자신을 위해 이렇게 시간을 내준다는 것 자체가 그저 고맙기만 했다. 오늘의 훈련을 앞으로도 평생 잊지 못할 것만 같았다.

그러나 서재훈과 함께 하는 재활 훈련은 오늘이 마지막이 아니었다.

"그럼 내일도 이 시간에 볼까?"

"……네? 내일도 가능하세요?"

"응? 너 모르고 있었냐?"

"……?"

"나 지난달에 팔꿈치 부상을 당해서 재활 중이잖아. 뭐야, 너…… 나한테 별로 관심이 없구나? 미영이가 내 팬이라고 했는데 그것도 뻥이지? 너 솔직히 말해 봐라. 어디 팬이냐? 트윈스냐 베어스냐? 설마 와이번즈냐?"

서재훈이 장난스럽게 캐물었다. 그 앞에서 한정훈은 차마 서재훈의 사인 저지가 집에 있다는 말은 하지 못했다.

7

서재훈과 훈련을 함께한 지도 한 달이 지났다.

중간중간에 휴식일을 섞어가며 한정훈과 서재훈은 ITP를 성실하게 수행했다. 그리고 다행스럽게도 두 사람 모두 부상 부위에 이렇다 할 이질감을 느끼지 못했다. 그리고 묘한 동질감으로 끈끈한 유대감을 형성하고 있었다.

"미영이 누나, 진짜 너무한 거 같아요."

"야. 말 마라. 진짜 죽겠다는데 말할 기운이 있을 때 조금이라도 더 뛰라더라. 내 몸이 어디가 어때서. 안 그러냐?"

"형 몸매 정도면 완전 예술이죠. 투수치고 형처럼 몸매 좋은 투수가 누가 있어요?"

"그렇지? 내 마누라도 내 몸이 딱 보기 좋다는데 지가 뭔데 나만 보면 뚱뚱하니 비만이라니 진짜……. 에효. 내가 더럽고 치사해서 빨리 복귀하던가 해야지 원."

본격적인 투구 연습에 들어갔다고 해서 김미영의 마수에

서 벗어날 수 있는 건 아니었다. 두 사람은 번갈아가며 김미영과 강도 높은 훈련을 반복하고 있었다.

그나마 젊은 한정훈은 체력적으로 버틸 만했지만 만으로 40을 바라보는 서재훈은 버거울 수밖에 없었다. 그러나 김미영 사전에 예외란 없었다. 맞춤형 프로그램이란 이유만으로 서재훈도 한정훈 못지 않게 괴롭혀 댔다. 덕분에 서재훈은 요즘 들어 김미영에 대한 불만과 욕지거리를 입에 달고 사는 중이었다.

"그런데…… 언제쯤 경기 나가세요?"

분위기를 바꾸듯 한정훈이 조심스럽게 물었다. 김미영에게 물어보니 서재훈의 몸 상태는 이미 정상 수준으로 되돌아왔다고 했다.

한정훈은 서재훈이 다시 마운드 위에서 공을 던지는 모습을 보고 싶었다. 하지만 서재훈은 그저 쓴웃음만 지어 보였다. 몸은 어느 정도 준비가 되었지만 아직 마음의 준비가 덜 끝났기 때문이다.

"다시 1군에 가는 건…… 욕심일까?"

서재훈이 혼잣말처럼 중얼거렸다. 다시 1군 마운드에 서겠다는 신념으로 재활을 이겨냈는데 막상 지금은 모든 게 혼란스럽기만 했다.

'형…….'

서재훈을 향한 한정훈의 눈빛이 안쓰럽게 변했다. 비록 고등학교 1학년의 몸이긴 해도 한정훈은 지금 서재훈의 심정이 충분히 이해가 갔다.

현재 서재훈은 은퇴의 기로에 서 있었다. 나이를 감안하면 진즉 은퇴를 했다 하더라도 이상할 게 없었다. 선배인 박찬오도 지금 서재훈의 나이 때 은퇴를 했다. 과거의 자신은 서재훈만큼 버티지도 못했다.

지금 서재훈이 은퇴한다고 해서 그 누구도 비난하지 않을 것이다. 꿈의 무대라는 메이저리그에서 호투를 펼치기도 했고 국가대항전에서 활약하기도 했다. 프로 경력도 길었다. 그 정도면 야구 선수로서 결코 실패한 인생이 아니었다.

그러나 정작 서재훈은 조금 더 뛰고 싶어 했다. 아직은 자신이 1군 무대에서 버틸 수 있다고 생각하고 있었다.

하지만 이리저리 알아 본 현실은 썩 우호적이지가 않았다.

하위권을 맴돌던 광주 타이거즈가 리빌딩을 천명하면서 팀 내 서재훈의 입지는 상당히 좁아진 상태였다. 팀 성적이 좋았을 때는 그나마 버틸 만했지만 팀 성적이 나빠지면서 비난의 화살은 성적이 신통치 않은 고액 연봉자들에게 몰려들었다. 그리고 서재훈도 그 대상에 포함되어 있었다.

지난 3년간 서재훈이 보여 준 결과는 신통치 않았다. 구속과 구위가 떨어지면서 서재훈도 나이 앞에서는 별수 없다는 비아냥거림까지 들어야 했다. 자연스럽게 구단 프런트와 코칭스태프들도 서재훈에게 은퇴를 권하고 있었다.

그러나 서재훈은 끝내 현역 연장을 선택했다. 그리고 자신이 아직 쓸모 있다는 걸 증명하려는 듯 스프링 캠프에 가서 누구보다 열심히 땀을 흘렸다.

그 노력의 결실로 서재훈은 시즌 초부터 1군 엔트리에 들수 있었다. 하지만 서재훈에게 주어진 선발 기회는 단 두 번뿐이었다. 첫 경기에서는 6이닝 2실점으로 선방했는데 두 번째 경기가 문제였다. 5이닝 5실점을 하고 강판을 당했다. 5실점 중 자책점은 2점일 만큼 운이 나쁜 경기였지만 구단에서는 젊은 투수에게 기회를 줘야 한다며 서재훈에게 2군행을 통보했다.

5선발 후보였던 만큼 서재훈은 구단의 결정을 불만 없이 받아들였다. 팀의 미래를 위해 노장보다 젊은 선수를 육성해야 한다는 구단의 판단은 틀리지 않았다.

그러나 애석하게도 구단에서 밀어주는 그 젊은 투수들 역시 기대 이하의 성적을 내는 상황이었다. 그렇다면 형평성을 고려해 다시 한 번 기회가 주어지는 게 옳았다. 하지만 서재훈은 지금껏 1군 콜업을 받지 못했다.

오히려 무리하게 페이스를 끌어올리는 과정에서 팔꿈치를 다치고 말았다. 큰 부상은 아니었지만 구단 관계자는 기다렸다는 듯이 다시 은퇴 이야기를 늘어놓고 있었다.

이런 짜증나는 상황은 아마도 서재훈의 입에서 '은퇴하겠습니다'라는 말이 나올 때까지 이어질 것이다. 그걸 한정훈도 겪었고 은퇴한 다른 수많은 프로 선수도 겪었다. 잘나갈 때는 한없이 관대하다가도 조금만 삐끗거려도 보는 눈빛부터 달라지는 게 구단이었다. 프로라면 그런 걸 참고 감내해야 하는 게 당연하겠지만 인간적으로 받는 상처만큼은 어쩔 도리가 없었다.

한정훈도 마음 같아서는 서재훈에게 그동안 고생 많았다고 말해 주고 싶었다. 그만큼 했으면 충분하다고, 이제 편히 쉬라고 위로해 주고 싶었다.

하지만 재활 훈련을 통해 느낀 서재훈은 누구보다 성실하고 열정적이었다. 게다가 여전히 빼어난 제구력을 자랑하고 있었다. 그런 서재훈이 이대로 떠밀리듯 은퇴하는 게 과연 옳은 일일까.

"형……. 조금 더 욕심 부리셔도 될 거 같아요."

한정훈이 서재훈을 바라보며 말했다. 은퇴를 미룬다고 해서 지금보다 더 나아질 거라는 보장은 없지만 서재훈이라면 그럴 자격은 충분하다고 생각했다.

그러자 서재훈이 환한 웃음을 흘렸다. 빈말이라도 좋으니 그 소리를 듣고 싶었던 모양이었다.

"야. 내 걱정은 말고 너나 빨리 학교로 돌아가라. 언제까지 이러고 있을 건데? 그러다 감독 눈 밖에 나면 어쩌려고?"

서재훈이 이번에는 한정훈을 닦달했다. 솔직히 말해 지금 속이 타는 건 건 자신이 아니라 한정훈이라고 생각했다.

그러나 정작 한정훈은 대수롭지 않은 반응이었다.

"이미 찍혔어요. 그리고 저도 형처럼 재활 중이거든요?"

"야 인마. 나 고등학교 다닐 때는 그 정도 다친 걸로는 재활 같은 거 하지도 않았어."

"그래도 해야죠. 야구 생활 일이 년 하고 끝낼 것도 아닌데. 안 그래요?"

"짜식. 말은 참 잘해요."

서재훈이 한정훈의 옆구리를 쿡 하고 찔렀다. 만약 실력도 없는 녀석이 이렇듯 태평하게 군다면 혼을 냈겠지만 한정훈은 확실히 자질이 있었다. 체격도 이만하면 좋은 편이고 무엇보다 공을 던지는 요령을 알고 있었다. 게다가 구속도 크게 떨어지지 않았다. 변화구가 문제이긴 하지만 이 정도면 내년, 내후년을 기대하기에 충분했다.

다만 한 가지 걱정되는 부분은 있었다. 바로 투구 폼. 서재훈은 가능하다면 한정훈의 투구 폼을 조금 더 안정적으로 교정해 주고 싶었다.

그런 서재훈의 속내를 읽기라도 한 것일까.

"그런데 형. 저 팔꿈치가 좀 높지 않나요?"

한정훈의 입에서 먼저 투구 폼에 대한 이야기가 튀어 나왔다.

"팔꿈치? 흐음……. 솔직히 말해 줘?"

"네."

"투구 폼은 전적으로 본인이 판단할 문제야. 누가 뭐라고 해도 본인이 익숙하고 아무 부담이 없다면 상관없어. 이 세상에 절대적인 투구 폼이란 없고 안정적인 투구 폼으로 던진 다고 해서 평생 야구 선수를 할 수 있는 것도 아니니까."

서재훈이 일단 원론적인 이야기를 꺼냈다. 투구 폼은 어찌 보면 투수의 얼굴이나 마찬가지였다. 대놓고 네 투구 폼이 이상해, 라고 말하는 건 얼굴 지적이나 다름없었다.

한정훈도 일단은 고개를 끄덕였다. 그 역시 과거 여러 차 례 투구 폼을 변경하긴 했지만 그중 무엇이 가장 좋은 투구 폼인지에 대해서는 답을 내리지 못한 상태였다.

고등학교 시절 극단적인 오버핸드 투구 폼을 가져간 건 패 스트볼의 구속을 끌어올리기 위해서였다. 패스트볼 구속이 5 ㎞/h만 빨라져도 프로 지명 순위가 바뀐다는 말은 허언이 아 니었다. 지명 순위가 당겨질 때마다 계약금이 올라가고 위상 이 올라간다. 하위 지명 선수보다 상위 지명 선수에게 기회 가 가는 건 당연한 일. 그래서 한정훈도 구속에 집착할 수밖에 없었다.

투구 폼이 변한 건 프로에 들어가서였다. 전지훈련에서 투구 폼이 지나치게 와일드하다는 지적을 받고 조금씩 교정하던 중에 첫 번째 부상이 찾아왔다. 수술 후 재활하는 과정에서 투구 폼은 일반적인 오버 핸드 형태로 변했다. 머리끝에 위치했던 팔꿈치가 귀 위쪽으로 내려온 것이다.

그렇게 유지하던 투구 폼은 부상을 당하면서 또다시 바뀌었다. 팔에 부담을 줄이기 위해. 구종의 다양성을 위해. 온갖 이유를 가져다 대며 팔꿈치의 위치를 조금씩 내렸고 말년에는 쓰리 쿼터의 형태가 되고 말았다.

물론 당시의 투구 폼은 체력적인 문제와 어깨의 상태, 사용하는 구종 등을 고려하여 결정된 것이었다. 그래서 그 당시에는 변경된 투구 폼에 큰 불만이 없었다. 게다가 선천적인 재능인지는 몰라도 바뀐 투구 폼에 금세 적응하는 편이었다.

하지만 지금, 고등학교 1학년으로 되돌아 온 상황에서 프로 말년처럼 쓰리 쿼터 형태로 던지고 싶지는 않았다. 여러 가지 이유가 있겠지만 일단 폼이 나지 않았다. 그렇다고 지금의 극단적인 투구 폼으로 고등학교 생활을 버틸 수는 없었다.

프로 1년 차 때 어깨를 다친 이유 중에 하나는 불완전한 투구 폼 때문이었다. 투구 폼을 교정하는 과정에서 구속이 줄어들자 그 차이를 만회하기 위해 어깨에 힘을 주게 됐다. 덕분에 어깨에 과부하가 걸렸고 끝내 회전근개파열로 이어진 것이다.

어깨를 생각한다면 한시라도 빨리 안정적인 투구 폼으로 전환할 필요가 있었다. 하지만 그렇다고 해서 모든 걸 버리고 무조건 편한 투구 폼만 고집하고 싶지도 않았다.

극단적인 오버 핸드와 쓰리쿼터의 중간 지점.

한정훈은 여기서 타협점을 찾고 싶었다. 그러나 아직까지도 그 정확한 중간 지점이 어디인지에 대한 결정을 내리지 못한 상태였다. 그래서 서재훈의 조언을 받고 싶었다. 지난 한 달간 겪어 온 서재훈이라면 자신에게 뭔가 도움이 되는 이야기를 속 시원하게 해 줄 것만 같았다.

그러나 제아무리 서재훈이라 하더라도 투구 폼 문제에 있어서는 조심스러울 수밖에 없었다.

"넌 어떤 투수가 되고 싶은데?"

서재훈이 한정훈을 바라보며 물었다.

"어떤…… 투수요?"

한정훈이 잠시 멍한 표정을 지었다. 서재훈의 질문이 왠지 어떤 투수를 좋아하느냐는 질문처럼 느껴졌다.

어린 투수들은 대부분 누군가를 동경하며 야구를 시작한다. 그리고 동경하는 누군가를 닮으려 부단히 애를 쓴다.

한정훈이 어린 시절 동경했던 투수는 많았다. 그중에서도 특히 좌완 류현신과 김강현, 그리고 우완 윤성민을 좋아했다.

세 투수들 중 한정훈이 가장 닮고 싶어 했던 건 김강현이었다. 쓰는 팔은 다르지만 역동적으로 공을 내리꽂는 김강현의 투구 스타일에 반해 자신도 모르게 그의 투구 폼을 따라 했던 기억이 아직도 생생했다.

그러다 머리가 커지면서부터 메이저리그를 꿈꾸기 시작했다. 동명고등학교 에이스 자리를 물려받고서는 프로 진출 이후 당연히 메이저리그에 갈 수 있을 것이라 착각하기도 했다.

과거에는 밤에 눈을 감을 때마다 메이저리거가 되는 상상을 했다. 자신이 던지는 공에 타자들이 헛스윙을 연발하고 팬들과 매스컴의 환호를 받으며 거액의 연봉 계약서에 서명을 하는 꿈. 그때는 아마도 엄청 인기 있고 위대한 투수가 되고 싶어 했던 것 같다.

하지만 다시 과거로 돌아온 이후에는 그런 생각을 해 본 적이 없었다. 그저 과거보다는 나은 투수가 되길 바랐다. 그 목표를 이루는 게 쉽지는 않겠지만 한 투수의 지향점으로 삼기에는 어쩌면 너무나 소박한 목표를 두고 있었는지도 몰랐다.

한정훈이 생각에 잠기자 서재훈이 설명을 덧붙였다.

"간단하게 생각 해. 구위로 타자를 찍어 누르는 터프한 투수가 되고 싶은지, 아니면 타자와 수 싸움에서 이기는 영리한 투수가 되고 싶은지.”

전자는 구위형 투수. 후자는 제구형 투수.

서재훈은 큰 틀에서 한정훈이 자신의 스타일을 선택하길 바랐다.

‘아직 젊으니까 터프한 투수가 되고 싶겠지. 이만해도 제구는 나쁘지 않으니까.’

현실적으로로 한정훈과 어울리는 건 구위형 투수였다. 서재훈이 보기에 한정훈은 볼 끝이 좋은 포심 패스트볼과 두둑한 배짱을 가지고 있었다. 반면 타자들을 현혹시킬 만한 변화구는 아직 미완성인 상태였다. 그렇다면 무리해서 구종을 늘리기보다 확실한 포심 패스트볼과 그를 뒷받침해 줄 쓸 만한 변화구를 하나 장착해 타자들을 힘으로 밀어붙이는 것도 나쁘지 않을 거라 생각했다.

그러나 은퇴하기 전 한정훈은 기교파 투수였다. 패스트볼 구속은 떨어지지만 다양한 변화구와 수준급 제구력으로 타자들과 영리하게 승부하는 타입이었다.

물론 빠른 패스트볼로 타자를 윽박지르는 건 무척이나 짜릿한 일이었다. 젊은 투수들이라면 대부분 그런 투수가 되길 바랄 터였다. 하지만 수 싸움으로 타자를 제압하는 것도 무척이나 흥미진진했다. 로케이션과 딜리버리를 활용해 타자의 타이밍을 완벽하게 빼앗은 뒤 배짱 좋게 140km/h에도 못

미치는 패스트볼을 한가운데 집어넣어서 타자를 스탠딩 삼진으로 잡아내는 쾌감이란 이루 형용할 수 없을 정도였다.

구위와 제구.

과거였다면, 한정훈은 둘 중 한 가지를 선택하기 위해 제법 고민을 했을 것이다.

하지만 지금은 굳이 두 가지 중 한 가지만 고르고 싶지가 않았다. 기왕 과거로 돌아왔으면 구위도 빼어나면서 제구도 훌륭한 그런 투수가 한 번 되어보고 싶었다.

"두 가지 다 하면 안 될까요?"

한정훈이 반짝거리는 눈으로 서재훈을 바라봤다. 처음에는 피식 웃던 서재훈도 한정훈의 눈빛을 보고는 농담이 아니라는 걸 깨달았다.

"진심으로 하는 소리야?"

서재훈이 다시 물었다.

"네, 한 번 해 보고 싶어요."

한정훈이 단단히 고개를 끄덕였다. 갑작스럽긴 하지만 이제야 정확한 목표가 생긴 기분이었다.

"흠⋯⋯."

서재훈이 길게 신음했다. 두 마리 토끼를 쫓다 보면 둘 다 놓치는 게 다반사였다. 하지만 박찬오가 기대하는 이 녀석이라면, 지난 한 달간 자신을 수도 없이 놀라게 만든 이 녀석이라면…… 왠지 가능할 것도 같았다.

"잠깐만 기다려 봐."

서재훈은 핸드폰을 꺼내 누군가에게 전화를 걸었다. 그리고 한정훈에 대한 이야기를 간략하게 전했다.

─그래서, 평소에 전화도 안 하던 전직 메이저리거께서 별볼일 없는 형에게 묻고 싶은 게 정확하게 뭐야?

"옆에서 애가 듣고 있으니까 장난치지 말고요. 만약 형이라면 뭐라고 할 겁니까?"

─크흠, 나라면? 글쎄. 본인이 그렇게 되길 원하겠다는데 그러라고 해야지. 별수 있나?

"그게 쉽지 않은 걸 아는 데도요?"

─그거야 해 보지 않고서는 모르는 거지. 예전에 주먹구구식으로 야구하던 때와 요즘은 많이 달라졌잖아. 안 그래?

"오호. 그러니까 형은 그렇게 만들 자신이 있다는 소리네요?"

─와아, 너 내가 쓴 책 안 읽어봤지? 그거 보면 다 나오는데 서운하네.

"읽어 봤으니까 전화드렸죠. 어쨌든 역시 형은 대단하시네요."

─짜식. 이제 알았냐? 공 던지는 건 너한테 안 될지 몰라도 이론은 아마 내가 훨씬 나을 거다.

"그래서 말인데…… 형이 좀 봐 주면 안 돼요?"

-안 될 게 뭐가 있냐. 그게 뭐가 어렵……. 뭐, 인마?

"방금 승낙한 거죠? 고맙습니다. 형, 그럼 이틀 후에 봐요."

서재훈은 냉큼 전화를 끊었다. 그러고는 한정훈을 바라보며 엄지 손가락을 들어 올렸다.

"얘기는 대충 들었지?"

"아……. 네."

"이틀 후에 내가 운영하는 스포츠 센터에서 보자. 예전에 내 투구 폼이 망가졌을 때도 그 형이 금세 잡아줬거든. 그때보다 공부를 더 한 모양이니까 아마 너한테도 큰 도움이 될 거다."

서재훈이 잘된 일이라며 한정훈의 어깨를 두드렸다. 그러나 한정훈은 따라 웃을 수가 없었다. 왠지 서재훈이 귀찮아서 다른 누군가에게 자신을 떠넘긴 것 같은 기분이 든 것이다.

그러나 이틀 후. 서재훈 스포츠 센터에서 누군가를 발견한 한정훈의 눈은 화등잔만 하게 변해 있었다.

강혁.

놀랍게도 내년부터 동명고등학교로 부임해 자신을 에이스로 키워 줄 신임 감독이 저만치 서 있었다.

'설마. 아니겠지. 우연이겠지.'

두근거리는 가슴을 붙잡으며 한정훈은 강혁에게 조심스럽게 다가갔다. 그러자 강혁이 특유의 퉁명스러운 목소리를 냈다.

"네가 한정훈이냐?"

순간 한정훈은 가슴이 먹먹해졌다. 시기와 장소가 달라지긴 했지만 과거에도 강혁은 처음 본 자신에게 그렇게 물었다.

신입 야구부 감독과의 첫 대면식에서 모든 선수들은 강혁의 카리스마에 기가 눌려 있었다. 하지만 한정훈은 강혁이 너무나도 반가웠다. 자신을 눈엣가시처럼 여기던 허세명 감독이 쫓겨나고 투수 조련의 대가라 알려진 강혁이 새로 부임했으니 기쁘지 않을 리 없었다.

"네!"

한정훈이 그때처럼 크게 대답했다. 그리고 환하게 웃어 보였다.

"이 녀석아. 귀청 떨어지겠다."

무뚝뚝하던 강혁의 얼굴에 살짝 온기가 번졌다. 한정훈의 표정을 통해 자신을 진심으로 반긴다는 사실을 느낀 것이다.

'재훈이 녀석보다 넉살은 좋네.'

메이저리그에서 지도자 교육을 받고 와서 지금까지 백여 명이 넘는 아마추어 선수들을 가르쳐 왔지만 첫 만남에서 자신을 보고 웃음을 보인 건 한정훈이 처음이었다. 프로 시절까지 전부 더해도 서재훈에 이어 두 번째였다.

아니, 생각해 보면 서재훈은 한정훈처럼 웃진 못했다. 살짝 긴장한 얼굴로 자신에게 농담을 걸어 온 게 전부였다.

확실히 188㎝의 큰 키에 깡마른 체격. 무뚝뚝한 성격과 날카로운 인상이 더해진 사내에게 다가가기란 쉽지 않을 터였다. 그래서 강혁도 누군가를 만날 때면 더 차갑게 굴었다. 그럴수록 사람들은 강혁을 더 어려워했다. 자연스럽게 강혁도 그런 반응에 익숙해지고 있었다.

그런데 한정훈은 달랐다. 뭐랄까. 마치 예전부터 자신을 잘 알고 있기라도 한 것처럼 스스럼없이 다가왔다.

"너…… 내가 누구인지는 아는 거냐?"

강혁이 한결 누그러진 목소리로 물었다. 그러자 한정훈이 한 치의 망설임도 없이 고개를 끄덕였다.

"강혁…… 선배님이시잖아요."

한정훈은 자연스럽게 튀어나오려는 감독님이라는 말을 냉큼 되삼켰다. 내년이라면 몰라도 아직까지 강혁은 동명고등학교 감독이 아니었다. 프로 야구 투수 코치였던 야인일 뿐이었다.

강혁의 표정이 조금 더 누그러졌다. 자신이 누구인지도 모르고 한정훈이 반가워했다면 살짝 실망할 뻔했는데 그런 게 아니라 내심 다행스러웠다.

그때였다.

"뭐예요, 형. 벌써부터 정훈이 군기 잡는 거예요?"

뒤늦게 도착한 서재훈이 저만치서 호들갑스럽게 달려왔다.

"군기는 무슨 군기. 자꾸 이상한 소리 할래?"

강혁의 표정이 다시 차갑게 굳어버렸다. 단둘이 있을 때라면 몰라도 한정훈의 앞에서 농담과 진담을 구분하지 않으면 선입견이 생길 수밖에 없었다.

그러나 서재훈은 눈 하나 까딱하지 않았다. 강혁의 정색에는 이미 익숙해질 대로 익숙해져 있었다.

"에이. 장난친 거 가지고 뭘 그래요? 그건 그렇고 정훈이 공 좀 보셨어요?"

"방금 만났는데 보긴 뭘 봐?"

"그럼 이러고 있을 게 아니라 한 번 보시죠. 어때요?"

서재훈이 냉큼 분위기를 환기시켰다. 그러자 살짝 미간을 찌푸리던 강혁이 한정훈에게 고개를 돌렸다. 한정훈만 괜찮다면 조금이라도 빨리 투구를 보는 편이 나았다.

"그럼 일단 몸 좀 풀고 오겠습니다."

한정훈은 재빨리 겉옷을 벗었다. 그리고 실내 연습장을 세 바퀴 돈 뒤에 꼼꼼하게 스트레칭을 시작했다.

그 모습을 조용히 지켜보던 강혁의 입가로 희미한 미소가

지나갔다. 아직 속단하긴 이르지만 적어도 헛걸음을 하진 않은 것 같았다.

준비를 마친 한정훈은 마운드 위에 섰다. 포수석에는 아마추어 포수 출신이라는 이상범이 마스크를 쓰고 앉았다.

"정훈아. 무리하지 말고. 알지?"

투구 전 서재훈이 한정훈에게 다가와 주의를 주었다. 강혁이 지켜보고 있다고 무리해서 구속을 끌어올렸다가 부상이 재발하기라도 하면 큰일이었다.

"걱정 마세요. 50퍼센트로 던질 생각이었어요."

한정훈이 씩 웃어 보였다. 지금껏 ITP 프로그램을 잘 소화해 왔다고 해도 마운드에 복귀하자마자 전력 피칭을 하는 건 무리라는 것쯤은 그 역시도 잘 알고 있었다.

"후우……."

길게 숨을 고르며 한정훈은 포심 패스트볼 그립을 잡았다.

오랜만에 마운드를 밟은 탓일까. 공의 실밥이 더욱 꺼끌꺼끌하게 느껴졌다.

하지만 그것도 잠시. 투수판을 밟고 와인드업에 들어가자 겉돌던 공은 언제 그랬냐는 것처럼 한정훈의 손가락에 들러붙었다.

키킹. 스트라이드. 릴리즈. 팔로스로.

강혁이 제대로 볼 수 있도록 한정훈은 정확한 투구 폼으로 공을 던졌다.

퍼엉!

힘을 반쯤 빼고 던졌는데도 포수 미트가 요란스럽게 흔들렸다.

"정훈아. 살살 하라니까."

한정훈의 공이 마음에 들었던지 서재훈이 장난스럽게 말했다. 그러면서 슬쩍 강혁의 눈치를 살폈다. 어지간해서는 칭찬하는 법이 없지만 한정훈의 공을 유심히 봤다면 강혁도 분명 표정이 달라질 수밖에 없다고 여겼다.

그러나 얼마 전까지 히어로즈에서 프로 투수들의 공을 살펴 온 강혁이 이 정도로 놀랄 리 없었다.

'확실히 공을 던지는 요령은 있네. 그런데 투구 폼은 왜 저래?'

강혁은 포수의 미트 대신 한정훈의 투구 동작을 세세하게 살폈다. 그러다 이내 문제점을 찾아냈다. 처음에는 이질감만 들었는데 자세히 보니 확실히 투구 밸런스가 어긋나 있었다.

한정훈의 투구 폼의 기본은 오버 핸드였다. 그것도 팔꿈치 위치가 상당히 높았다. 당연히 팔의 스윙도 커질 수밖에 없었다.

그런데 정작 공을 놓고 난 다음에 팔로스로가 문제였다. 투구 폼이 몸에 맞지 않는 것인지는 모르겠지만 팔로스로를 끝까지 하지 않는 듯한 느낌이었다.

투구 시 팔의 스윙보다 팔로스로가 작으면 어깨에 무리가 갈 수밖에 없었다. 게다가 한정훈은 이미 한 차례 어깨를 다친 상태였다. 이 투구 폼을 지속한다면 머잖아 또다시 어깨가 다칠 수밖에 없을 것 같았다.

아마추어 선수가 이런 투구 폼으로 공을 던진다면 백이면 백 제구가 엉망일 게 뻔했다. 하지만 놀랍게도 한정훈이 던지는 공은 포수의 미트에 정확하게 빨려 들어가고 있었다. 마치 컨트롤 아티스트라 불렸던 서재훈이 공을 던지는 듯한 착각이 들 정도였다.

'어린 녀석이 확실히 공을 던질 줄 알아.'

한정훈의 이곳저곳을 살피던 강혁의 시선이 이내 공을 놓는 지점에 멈춰 섰다. 놀랍게도 한정훈은 릴리즈 포인트를 일정하게, 그것도 꽤나 앞쪽에 만들어 놓은 채 공을 던지고 있었다.

덕분에 한정훈의 손끝을 떠난 공은 불안정한 투구 폼에도 흔들리지 않고 미트를 향해 빠르고 날카롭게 뻗어 나갔다.

'확실히 재미있는 녀석이야.'

강혁이 슬쩍 입가를 비틀어 올렸다. 고작 고등학교 1학년밖에 안 된 녀석인데 프로 10년 차 투수라도 되는 것처럼 공을 어르고 달래고 있었다. 그것도 극단적인 오버 핸드 투구로 말이다.

지금껏 수많은 투수를 봐 왔지만 한정훈 같은 케이스는 처음이었다. 그래서일까. 강혁은 한정훈이라면 제구와 구위, 두 마리 토끼를 모두 잡을 수도 있겠다는 생각이 들었다.

물론 그러기 위해서는 투구 폼 교정이 필수였다. 기껏 재활한 어깨가 다시 망가지기 전에 몸에 딱 맞는 투구 폼을 찾아야 했다.

"힘들지도 모른다. 어쩌면 올해는 물론이고 내년까지 통째로 날리게 될 수도 있다. 그래도 할 테냐?"

연습 투구를 끝마친 한정훈을 불러다놓고 강혁이 진지하게 물었다. 투수에 따라 다르지만 바뀐 투구 폼에 적응하고 제대로 된 공을 던지기까지는 적잖은 시간이 소요될 수밖에 없었다.

만약 한정훈이 바뀐 투구 폼을 자신의 것으로 만들지 못한다면 마운드에 서지 못하게 될 수도 있었다. 최악의 경우 프로 지명은 물론이고 대학 진학조차 어려워질지 몰랐다.

그래서 강혁은 한정훈이 겁을 먹더라도 충분히 이해해 줄 생각이었다. 일단 어깨가 다치지 않는 선에서만 일차적인 교정을 한 뒤에 나머지는 프로에 가서 고쳐도 늦지 않다고 판단했다.

그러나 정작 한정훈의 대답은 한 치의 망설임조차 없었다.

"하겠습니다."

"하겠다…… 고?"

"네, 투구 폼을 바꾸겠습니다. 선배님 말씀처럼 2학년을 통째로 날려도 결코 후회하거나 원망하지 않겠습니다."

"허……."

강혁은 순간 헛웃음이 났다. 그저 입에 발린 소리가 아니었다. 자신을 믿고 따라오겠다는 결의에 찬 한정훈의 표정을 보고 있자니 괜한 부담감마저 들었다.

하지만 한정훈은 강혁보다 더 강혁을 믿고 있었다. 과거 겪었던 강혁의 인성을 믿었고 책임감을 믿었다. 특히나 투수 육성 능력은 의심의 여지가 없었다.

무엇보다 투구 폼을 바꿔야 한다면 지금이 적기였다. 이만호에게 듣기로 3학년 선발 3인방을 내세우고도 동명고등학교 야구부는 전국 대회에서 고전을 면치 못하고 있었다. 가장 큰 이유는 3인방의 뒤를 받쳐 줄 투수의 부재. 임시응변으로 차기혁을 불펜으로 돌려쓰고 있지만 그것만으로는 좋은 성적을 기대하기 어려워 보였다.

이런 상황에서 한정훈이 섣불리 복귀했다간 곧장 계투조에 투입될 게 뻔했다. 투구 수 관리라도 받는다면 다행이지만 허세명 감독의 성격상 그럴 리 없을 터. 괜히 다시 어깨를 다치느니 일찌감치 허세명 감독의 기대를 저버리는 편이 나았다.

"각서 쓰고 할 거다."

복잡한 눈으로 한정훈을 바라보던 강혁이 마지막으로 으름장을 놓았다. 고작 종이 한 장으로 책임을 회피하려는 생각은 아니지만 그 정도 각오조차 없다면 자신의 지도를 따라오기 어려웠다.

그러나 이번에도 한정훈의 대답은 정해져 있었다.

"네, 선배님. 꼭 쓰십시오. 지장도 찍겠습니다."

한정훈이 시원스럽게 대답했다. 그 대책 없는 고집 앞에 강혁도 혀를 내두르고 말았다.

8

"아마 네 스스로가 달라진 걸 느끼려면 최소 반년은 걸릴 거다."

강혁은 한정훈의 투구 폼이 자리를 잡는 데까지 반년을 예상했다. 그것도 한정훈이 최대한 빨리 따라왔을 때의 이야기였다. 중간에 한정훈의 열의가 흔들리기라도 한다면 그 기간은 예상보다 훨씬 더 오래 걸릴 터였다.

그러나 정작 한정훈의 생각은 달랐다.

'세 달. 세 달 안에 제 것으로 만들 겁니다.'

한정훈은 강혁을 믿는 만큼이나 자신을 믿었다. 과거 프로에서도 살아남기 위해 몇 차례나 투구 폼을 바꿔 왔고 그때마다 3개월 안에 바뀐 투구 폼에 적응했다. 오죽하면 투수 코치들 사이에서 카멜레온이라는 별명이 나돌 정도였다.

'어떻게든 해낸다.'

한정훈은 독하게 마음먹었다. 기껏 기회를 잡았는데 이 정도도 해내지 못한다면 과거로 돌아온 의미가 없을 것 같았다.

"일단은 몸에 부담이 없는 투구 폼이 우선이다."

강혁은 한정훈의 투구 폼을 쓰리 쿼터 형식으로 바꿨다. 오버 핸드로만 몇 년을 던져 온 투수에게 갑자기 쓰리 쿼터로 던지라는 건 무리한 요구였지만 한정훈은 군말 없이 따랐다. 유일한 불만이라면 폼이 나지 않는다는 것인데…… 그걸 강혁이 귀담아 들어줄 것 같지도 않았다.

쓰리 쿼터 형태로 투구 폼을 1차 수정하자 투구가 훨씬 자연스러워졌다. 쓰리 쿼터 자체가 오버 핸드보다 공을 던지기 편한 이유도 있지만 더 이상 몸과 생각이 따로 놀지 않아서 좋았다.

오버 핸드로 던지는 고등학교 1학년의 몸으로 돌아와서도 한정훈의 투구 방식은 은퇴 직전의 쓰리 쿼터 형식에 맞춰져 있었다. 그러다 보니 생각대로 몸이 따라 와주지 않는다는 느낌이었다.

눈썰미 좋은 강혁은 그런 한정훈의 문제점을 단번에 고쳐 버렸다. 아니, 정확하게 말하면 고친 게 아니라 고쳐진 것이나 다름없었다. 그것도 고작 한 달 만에 말이다.

"그럼 이제부터 팔을 조금씩 높여 보자."

쓰리 쿼터는 안정적이나 오버 핸드보다 구위가 떨어진다는 단점이 있었다. 물론 경우에 따라 쓰리 쿼터에서 더 나은 구위를 뽑내는 선수도 있었다. 그러나 한정훈은 아니었다. 쓰리 쿼터로 던지면서 밸런스는 돌아왔지만 처음 보여주었던 특유의 무브먼트는 많이 무뎌진 상태였다.

그래서 강혁은 한정훈의 몸에 무리가 가지 않는 선까지 팔의 높이를 조금씩 끌어올리는 2차 교정 작업을 진행했다.

사람이 기계가 아닌 이상 조금씩 팔의 위치를 교정한다는 게 쉬운 일은 아니었다. 그러나 한정훈은 끈기 있게 강혁의 지도를 따라왔다. 그렇게 두 달이 지났을 때 한정훈은 비로소 자신에게 딱 맞는 투구 폼을 찾아낼 수 있었다.

"허……. 네 녀석도 참."

강혁은 할 말이 없었다. 아니, 할 말을 잃었다. 서재훈이 난 놈이라고 칭찬을 해댔을 때도 그러려니 했는데 막상 바뀐 투구 폼으로 공을 뿌려대는 한정훈을 보고 있자니 무섭다는 생각마저 들었다.

한정훈이 단순히 투구 폼 교정에만 매진해 왔다면 그럴 수도 있었다. 하지만 한정훈은 투구 폼을 교정하는 동시에 서재훈에게 변화구를 배우고 김미영에게 따로 재활 트레이닝도 받아 왔다. 정해진 휴식일 이외에는 하루도 빠지지 않고 서재훈의 스포츠 센터를 찾아 왔다. 마치 홀로 전지훈련이라도 온 것처럼 요령조차 피우지 않았다.

'저 녀석은 정말 …… 타고난 놈이다.'

강혁은 더 이상 한정훈이 대견스럽지 않았다. 그보다는 괜히 설레고 가슴이 두근거렸다. 어지간한 선수들은 대충 봐도 그 끝이 보이는데 한정훈은 도저히 가늠이 되지 않았다. 무엇을 상상하듯 그 이상을 보여 줄 것만 같았다.

그래서일까. 할 수만 있다면 한정훈에게 더 많은 걸 가르쳐 주고 싶은 욕심이 들었다.

"동명고등학교. 동명고등학교라……."

한정훈이 눈에 들어 올수록 강혁의 머릿속은 복잡해져만 갔다. 당분간 푹 쉴 계획이었는데 왠지 어딘가에 적을 두어야 할 팔자인 것 같았다.

9

"형님! 정훈아!"

한정훈의 투구 폼이 완성되기가 무섭게 서재훈이 좋은 선물을 들고 찾아왔다.

그 선물은 물건이 아니라 사람이었다. 그것도 평범한 사람이 아니었다. 바람의 아들이라 불리던 이정범의 아들이자 올초 서울 트윈스에 입단한 프로 야구계의 슈퍼 루키, 이정우였다.

"안녕하세요. 선배님. 이정우입니다."

호리호리한 체격의 이정우가 강혁에게 고개를 숙였다. 그러자 강혁이 웃으며 이정우를 반겼다.

"오랜만이다. 정우야. 정범 선배님은 잘 계시고?"

"네, 선배님 만나러 간다니까 대신 안부 전해달라고 하셨습니다."

"그래. 선배님께도 근래에 한번 꼭 보자고 전해 드리고. 그런데 시간 괜찮니? 바쁘지 않고?"

"네, 괜찮습니다. 연습은 마치고 오는 길입니다. 그리고 왠지 내일 경기도 없을 것 같고요."

장마 전선이 북상하면서 전국적으로 비가 내리고 있었다. 덕분에 내일 경기가 열릴 가능성도 낮은 상태였다.

프로 야구 팬이라면 연이은 우천 취소에 불만이 가득했겠지만 강혁은 비가 반가웠다. 그렇지 않아도 한정훈의 최종 테스트를 위해 실력 있는 타자를 섭외하려던 차였는데 이정우가 와 줬으니 이보다 더 고마운 일은 없었다.

올해 프로에 데뷔한 이정우는 서울 트윈스의 외야 백업 멤버로 활약하고 있었다. 타석에 들어설 기회가 많지 않아 타율은 낮았지만 빠른 발과 경쾌한 스윙은 전성기 이정범을 연상시킬 정도였다.

"그럼 선배님. 저 몸 좀 풀겠습니다."

이정우가 가방을 내려놓고는 가볍게 런닝을 시작했다. 그 모습을 지켜보던 서재훈이 슬쩍 강혁에게 다가왔다.

"형님. 저 잘했죠?"

"그래. 네가 짱이다."

"그런데 누가 이길까요?"

서재훈은 강혁의 평가가 궁금했다. 이정우는 미완이라고 해도 프로 선수다. 반면 한정훈은 이제 막 투구 폼 교정을 끝낸 고등학교 1학년 투수에 불과했다.

다른 사람에게 이 대결의 결과를 묻는다면 하나같이 이정우의 우세를 점칠 게 뻔했다. 하지만 강혁은 대결의 결과가 머릿속에 훤히 들어왔다.

"조금 있다가 정훈이 체인지업 던지는 거 보고 놀라지나 마라."

강혁이 서재훈의 어깨를 툭툭 두드렸다.

"에이, 형까지 그러면 어떻게 해요."

똑같은 생각이었는지 서재훈이 피식 웃음을 흘렸다.

9장
워밍업

1

방망이를 휘두르며 몸을 풀던 이정우가 포수 쪽을 힐끔 바라봤다.

펑!

제법 빠르고 묵직한 공이 포수 미트에 꽂히듯 박혀 들었다.

"괜찮네."

이정우가 피식 웃었다. 하지만 그 이상의 감흥은 없었다.

그래 봐야 고등학교 1학년이 던지는 공이었다. 그 정도 공은 언제든 마음만 먹으면 공략이 가능했다.

오히려 이정우는 한정훈의 공이 쓸 만한 게 마음에 들었다. 그렇지 않아도 잦은 우천 취소로 인해 타격 페이스가 주춤한 상태였다. 이런 때에 너무 형편없는 공을 보게 된다면 타격 밸런스가 더 망가질 수 있었다.

붕! 부웅!

한정훈의 패스트볼 타이밍에 맞춰 이정우의 배트가 빠르게 휘돌았다. 그 소리가 어찌나 날카롭던지 공을 돌려받던 한정훈의 시선이 절로 이정우에게 향했다.

'짜식. 이 정도로 놀라긴.'

이정우는 속으로 피식 웃었다. 본의 아니게 세 살이나 어린 후배의 기를 죽이는 것 같아 살짝 미안한 마음마저 들었다.

그때였다.

"정우야. 괜찮으면 게임처럼 하자."

서재훈이 이정우에게 다가왔다.

"게임이요?"

"그래. 그냥 치면 재미없잖아. 그러니까 아웃 카운트 10개 잡는 동안 안타 3개 이상 치기로 하자. 어때?"

"저는 상관없는데……."

이정우가 한정훈을 걱정하듯 말했다. 듣기로 이제 막 실전 투구를 시작했다는데 실컷 두드렸다가 마이너스만 되는 건 아닌가 싶었다.

그러나 정작 라이브 배팅이 시작됐을 때 이정우는 서재훈이 고작 안타 3개밖에 요구하지 않은 이유를 알게 됐다.

후웅! 파앙!

"······!"

눈 깜짝할 사이에 지나간 1구 앞에 이정우가 멍한 표정이 됐다.

"스트라이크!"

포수 마스크를 쓴 이상범이 시원스럽게 스트라이크 콜을 했다.

이정우는 그제야 포수 미트 쪽으로 고개를 돌렸다. 그러곤 이를 악물었다.

스트라이크. 그것도 한복판.

포구 시 포수 미트가 움직인 게 아니라면······.

'저 자식이!'

이정우가 방망이를 힘껏 움켜쥐었다. 초면이라 느긋하게 갈 생각이었는데 어린 녀석이 버릇이 없었다.

공을 돌려받은 한정훈은 쉬지 않고 다시 두 번째 공을 던졌다.

후웅!

한정훈의 손끝을 타고 나온 공이 쏜살같이 날아들었다. 이정우가 다급히 방망이를 휘둘렀지만 공은 또다시 포수 미트 속으로 빨려 들어가 버렸다.

파앙!

"스트라이크!"

포구 음과 스트라이크 콜이 동시에 울렸다.

이번에도 코스는 한복판.

"크으윽!"

이정우의 얼굴이 벌겋게 달아올랐다. 초구에 이어 2구째도 한가운데 패스트볼이라니. 이건 자신을 놀리는 거나 마찬가지였다.

공을 돌려받은 한정훈의 눈에도 흥분한 이정우의 표정이 선명하게 보였다.

'아마 날 씹어 먹고 싶겠지.'

한정훈은 이정우의 속마음이 훤히 보였다. 프로 야구에서 1군 투수들을 상대해 왔는데 고작 고등학교 1학년 투수가 던진 공에 농락당하고 있으니 화가 나는 게 당연했다.

'그럼 어디 제대로 열 받게 만들어 볼까?'

한정훈이 투수판을 밟고 이상범을 바라봤다.

이상범은 약속대로 한가운데 포심 패스트볼을 요구했다. 그러나 한정훈은 살짝 고개를 흔들었다. 포심 패스트볼이 3구 연속 한복판으로 들어오는 걸 이정우가 바라만 보고 있을 리 없었다.

한정훈의 속내를 읽은 이상범이 씩 웃으며 냉큼 손가락 2개를 펴 보였다. 코스는 여전히 한가운데. 그때 이정우의 시야 끝으로 이상범의 미트가 들어왔다.

'이 자식이 정말……!'

이정우는 속이 부글부글 끓어올랐다. 혹시나 해서 곁눈질을 해 봤는데 이번에도 코스는 한가운데였다. 할 수만 있다면 타구로 한정훈의 머리통을 맞춰 버르장머리를 고쳐주고 싶은 심정이었다.

하지만 더 이상 여유를 부릴 때가 아니었다. 볼카운트 2-0. 맥없이 삼진을 먹지 않으려면 스트라이크 존에 들어오는 모든 공을 공략해야만 했다.

빠득 이를 갈며 이정우가 바짝 방망이를 끌어당겼다. 한정훈의 투구 폼이 눈에 익지 않아 타이밍을 잡기가 어려우니 스윙을 최대한 간결하게 끌고 나갈 생각이었다.

"정우 녀석. 이제야 좀 제대로 할 모양인가 보네요."

달라진 이정우의 타격 폼을 보며 서재훈이 묘한 기대감을 드러냈다. 내심 한정훈을 응원하고 있지만 일방적인 게임은 재미가 없었다. 한정훈을 위해서라도 이정우가 프로다운, 선배다운 모습을 보여줘야 했다.

그러나 옆에 선 강혁의 표정은 무덤덤했다.

"늦었어."

강혁이 속으로 중얼거렸다. 단순한 라이브 배팅이 아니라 시합이라고 고지를 한 상태였다. 진정한 프로라면 당연히 초구부터 최선을 다했을 것이다.

설사 초구 정도는 지켜볼 수 있다 해도 2구까지 놓친 이상 승부는 끝난 것이나 다름없었다.

후앗!

모두가 지켜보는 앞에서 한정훈의 3구가 뿌려졌다.

"흐압!"

이정우가 기다렸다는 듯이 방망이를 휘둘렀다.

후웅!

콤팩트 해진 스윙 덕분에 방망이가 빠르게 허리를 빠져 나왔다.

초구와 2구. 연달아 타이밍조차 잡지 못한 걸 감안하면 수준급 대응 능력이었다. 하지만 한정훈은 이정우가 생각하는 것처럼 단순하고 어린 투수가 아니었다.

'잡았다!'

이정우가 정타를 예상하며 과감하게 허리를 돌렸지만,

파앙!

공은 이번에도 포수 미트 속으로 빨려 들어갔다.

이번에는 스윙보다 한발 늦게 말이다.

'체인지업!'

방망이로 허공을 가른 뒤에야 이정우는 한정훈이 던진 공의 정체를 알아챘다.

체인지업이다. 그것도 타격 직전까지 패스트볼이라 착각

이 들 정도로 어마어마한 체인지업이었다.

이정우가 어이없다는 얼굴로 한정훈을 바라봤다. 대체 이게…… 어떻게 고등학교 1학년의 공이란 말인가. 한정훈을 얕봤다 제대로 뒤통수를 얻어맞은 기분이었다.

그런 이정우를 놀리듯 이상범이 크게 소리쳤다.

"스트라이크 아웃! 원 아웃!"

3구 삼진. 원아웃.

이제 남은 아웃 카운트는 9개뿐이었다.

"타, 타임."

이정우가 다급히 타임을 외쳤다. 그러곤 배터 박스를 빠져나와 가방에서 새로운 방망이를 꺼내 들었다.

조금 전 이정우가 썼던 방망이는 무게가 860g이었다. 한정훈을 우습게 보고 평소보다 20g 무거운 방망이를 꺼내 든 것이다.

하지만 한정훈의 실력을 확인한 지금은 달랐다.

840g 방망이.

호리호리하면서 배트 컨트롤이 좋은 이정우에게 최적화된 방망이었다.

두어 번 연습 스윙을 한 뒤에 이정우는 다시 타석에 들어섰다. 실전 경기용 방망이를 들어서일까. 이정우의 기세가 제법 날카롭게 느껴졌다.

한정훈은 씩 웃었다. 진즉에 그렇게 나올 것이지. 애써 삼킨 말이 입가를 타고 번졌다.

보나마나 서재훈이 어렵게 섭외해 왔을 텐데 대충대충 하면 피차 곤란했다. 그래서 한정훈은 일부러 이정우의 자존심을 벅벅 긁어놨다. 잘해야 본전이라는 그의 생각을 바꿔 놓기 위해서였다.

그 의도가 통했는지 진짜 이정우가 타석에 들어섰다. 벌써부터 언론에서 신인왕 후보라 떠들어 대는 그 이정우가 말이다.

'그럼 조금 더 진지하게 던져 보실까?'

한정훈이 투수판을 밟고 이상범을 바라봤다. 늘 한가운데에 고정되어 있던 이상범의 미트가 슬그머니 이정우의 안쪽으로 움직였다.

가볍게 고개를 끄덕인 뒤 한정훈은 빠르게 포심 패스트볼을 던졌다.

파앙!

움찔 놀라며 뒤로 물러선 이정우를 놀리듯 공이 포수의 미트 속으로 빨려 들어갔다.

그러나 이정우는 아까처럼 화를 내지 않았다. 두어 번 고개를 끄덕거린 뒤 아무렇지도 않은 얼굴로 방망이를 들어 올렸다.

'뒤로 살짝 빠졌군.'

이정우의 타격 위치를 확인한 이상범이 이번에는 바깥 쪽 코스를 주문했다. 이정우가 몸쪽 코스에 부담을 느낀 거라 판단한 것이다.

구종은 패스트볼.

하지만 한정훈은 살짝 고개를 흔들었다.

주전은 아니더라도 이정우는 프로 레벨의 선수다. 그리고 프로 선수들의 노림수는 아마추어 선수들과는 달랐다.

몸쪽 공에 약한 척 헛스윙을 하다가 역으로 몸 쪽 공을 받아 쳐 펜스를 넘겨 버리는 게 프로 레벨의 타자다.

아직 1년 차라고 하지만 1군에서 버티고 있는 이정우가 그 정도 수 싸움을 모를 리 없었다.

'만약 바깥쪽을 노리고 일부러 떨어진 거라면……'

이정우의 속내를 가늠하며 한정훈이 2구를 던졌다.

후아앗!

빠르게 날아든 공이 배터 박스 앞에서 급격히 고꾸라졌다.

그와 동시에 이정우의 방망이가 매섭게 허공을 갈랐다.

"젠장!"

노림수가 실패하자 이정우가 아쉬움을 감추지 못했다.

바깥쪽으로 공이 오긴 했는데 패스트볼이 아니라 체인지 업이었다.

'패스트볼이었다면 칠 수 있었는데……'

이정우는 애써 숨을 골랐다.

한정훈의 구종이 패스트볼뿐이라면 투구 폼과 공의 궤적이 눈에 익어가는 시점에서 충분히 공략이 가능할 것 같았다.

그러나 한정훈은 결정구로 수준급 체인지업을 구사했다. 그것도 패스트볼과 거의 비슷한 릴리스 포인트에서 말이다.

'또다시 바깥쪽일까? 아니면 몸 쪽?'

고심하던 이정우가 홈 플레이트 쪽으로 바짝 붙어 섰다.

이번에도 노리는 코스는 바깥쪽.

한정훈이 몸 쪽 제구에 부담을 느끼거나 자신의 의도를 역으로 해석한다면 바깥쪽으로 던질 확률이 높았다.

'속구. 이번에는 속구.'

이정우가 속으로 주문을 외우며 타이밍을 맞췄다.

하지만 야속하게도 한정훈의 공은 이정우의 무릎 쪽으로 날아들었다. 그것도 아슬아슬한 스트라이크 코스로 말이다.

"스트라이크 아웃! 투 아웃!"

이상범의 들뜬 목소리가 크게 울렸다.

"큭!"

동시에 이정우의 입에서 짧은 신음성이 터져 나왔다.

2

"스트라이크 아웃! 쓰리 아웃!"

"스트라이크 아웃! 원 아웃!"

고집스럽게 패스트볼만 노리던 이정우의 생각이 바뀐 건 네 번째 삼진을 당한 직후였다.

인정하고 싶지 않지만 한정훈의 패스트볼은 날카로웠다.

구속은 150㎞/h에 미치지 못하는 것 같은데 제구가 잡혀 구석구석을 찔러드니 쉽게 공략해 내기가 어려웠다.

그래서 이정우는 과감하게 패스트볼을 버렸다.

패스트볼을 노리는 척하며 한정훈이 결정구로 던지는 체인지업을 기다렸다.

계획이 변경되면서 다섯 번째 타석에서도 4구 삼진을 먹었다.

하지만 2구째와 3구째, 체인지업을 연달아 던져 준 한정훈 덕분에 체인지업의 타이밍이 확실히 눈에 들어왔다.

그리고 이어지는 6번째 타석.

후앗!

한정훈이 체인지업을 초구로 선택했다.

코스는 몸 쪽으로 떨어지는 볼.

하지만 체인지업만 기다리고 있던 이정우는 이 기회를 놓치지 않았다.

'이번엔 친다!'

패스트볼보다 살짝 늦게 허리를 돌리며 이정우가 방망이

를 쳐올렸다.

파각!

방망이의 밑동에 맞은 타구가 이정우의 다리 사이로 빠져 나갔다.

동시에 이정우의 입에서 안타까운 절규가 터져 나왔다.

"아오!"

칠 수 있었는데. 안타로 만들 수 있었는데.

이정우는 정말 아쉬웠다. 체인지업이 조금만 덜 떨어졌더라도 타구는 분명 한정훈의 키를 넘겼을 터였다.

'뭐 하는 거야?'

그 모습을 지켜보던 이상범이 속으로 코웃음을 쳤다.

안타를 친 것도 아니고 정타가 된 것도 아니다.

고작 방망이에 스쳤을 뿐인데 저렇게 아까워하는 건 너무 과장스러웠다.

그러나 정작 공을 던진 한정훈은 내심 뜨끔한 표정이었다.

'어쩐지 아까부터 포심을 흘리는 느낌이더라니. 그럼 계속 체인지업만 노렸던 거야?'

다섯 타석 연속 삼진은 마약 같았다. 그 어떤 투수라도 이쯤 되면 자아도취에 빠질 수밖에 없었다.

명색이 프로 1군 타자라는 이정우가 패스트볼은 건드리지도 못하고 체인지업에 매번 헛스윙만 해대고 있었다.

삼진이 거듭될수록 한정훈은 긴장이 풀렸다. 이대로라면 열 타석 연속 삼진도 문제없을 것 같았다.

하지만 이정우도 괜히 프로 선수가 아니었다.

한정훈이 방심한 틈을 노려 포심 패스트볼이 아니라 체인지업을 건드렸다.

마치 '네 녀석이 던지는 체인지업쯤은 앞으로 얼마든지 칠 수 있어'라고 말하는 것처럼 말이다.

게다가 빗맞긴 해도 거의 정확한 타이밍에 방망이가 나왔다.

체인지업의 타이밍을 몸이 기억했다는 의미다.

여기서 더 나아가면 아마 감각적으로 포심 패스트볼까지 공략해 낼 것이 뻔했다.

'이러다 안타 맞겠는데.'

로진백을 털며 한정훈이 슬쩍 강혁을 바라봤다.

당초 예상했던 것보다는 조금 빨랐지만 이쯤에서 봉인(?)을 푸는 편이 나을 것 같았다.

그러나 강혁은 단호하게 고개를 흔들었다.

'안 돼. 네 녀석이 자초한 위기니까 네 녀석이 해결해.'

소리는 들리지 않지만 강혁의 입 모양이 꼭 그렇게 말을 하는 것 같았다.

경험이 부족하고 담이 작은 선수라면 이 시점에서 타자에게 말릴 수밖에 없었다.

잘 먹히던 결정구가 걸리면 그다음부터는 결정구를 언제 던져야 할지 난감해지는 것이다.

노련한 포수라도 있다면 속는 셈치고 포수의 미트만 바라보겠지만 지금 자신의 공을 받는 건 이상범이다.

그는 고등학교 때까지 야구를 했고 지금도 사회인 야구를 하고 있다.

그러나 그 정도의 경험과 실력으로는 한정훈을 이끌어주기가 어려웠다.

그렇다면 남은 선택은 두 가지다.

맞붙을 것인가. 승부를 피할 것인가.

예전의 한정훈이었다면 군말 없이 승부를 어렵게 끌고 갔을 것이다.

실내 연습장이다. 이 상황에서 타격을 허락하면 안타가 될 확률이 높았다.

수비수가 없으니 인필드 된 공을 받아줄 사람이 없었다. 게다가 이정우는 준족이었다.

프로에서도 3년 연속 60도루 이상을 했던 기억이 남아 있었다.

하지만 이정우의 이글이글 타오르는 눈빛을 보고 있자니

도저히 도망치기가 어려웠다.

'하긴 정우 선배도 커트를 하지 않았으니까.'

이정우가 약게 굴었다면 이토록 허무하게 다섯 타석 연속 삼진을 당하진 않았을 것이다.

방망이를 짧게 잡은 채 작심하고 공을 걷어내려 들다 보면 한정훈도 실투가 나올 수밖에 없었다.

그러나 이정우는 지금까지 정면승부를 고집했다.

프로 선수의 자존심.

혹은 재활을 막 끝낸 후배를 위한 배려.

어느 쪽이든 이정우의 정면승부 덕분에 한정훈도 손쉽게 삼진을 낚아냈다.

그런데 이제 와서 이정우와 승부를 피하는 건 좀 비겁해 보였다.

'오늘은 내 공이 어디까지 통하는지를 확인하는 자리니까.'

한정훈이 길게 숨을 내쉬었다. 그리고 이상범을 바라봤다.

이상범의 요구는 몸 쪽 패스트볼. 사인을 확인한 뒤 한정훈은 80퍼센트의 힘으로 공을 던졌다.

후앗!

손가락 끝을 빠져나간 공이 이정우의 몸 쪽으로 찔러 들어 갔다.

그러자 이정우도지지 않고 방망이를 휘돌렸다.

파앙!

방망이 윗부분을 맞은 타구가 위쪽의 보호 철망을 때리고 떨어졌다.

"좋아!"

이정우가 비로소 웃기 시작했다.

체인지업에 이어 투심 패스트볼의 타이밍까지 맞아 들어가기 시작한 것이다.

하지만 한정훈은 당황하지 않았다. 침착하게 홈 플레이트 바깥쪽으로 체인지업을 밀어 넣었다.

후웅!

2구가 남긴 잔상에 이끌린 듯 이정우가 한발 먼저 방망이를 휘돌렸다.

그러나 앞서 꺾인 공은 이정우의 스윙 궤적 밑 부분을 지나 포수의 미트 속을 파고들었다.

펑!

"스트라이크 아웃! 쓰리 아웃!"

6번째 삼진.

그리고 두 번째 쓰리 아웃 콜이 울렸다.

한정훈은 이정우에게 가볍게 눈인사를 한 뒤에 마운드를 내려왔다.

그러자 강혁이 팔짱을 낀 채로 천천히 다가왔다.

"던질 만하냐?"

"저는 괜찮은데 코치님이 보기엔 어떠세요?"

"흠……. 지금까진 나쁘지 않다."

강혁이 특유의 무덤덤한 목소리로 말했다. 그러나 조금 전까지만 해도 그는 놀람을 금치 못하고 있었다.

새 투구 폼을 익힌 지 고작 3개월이다. 그런데 그 투구 폼을 어느새 자신의 것으로 만들어버렸다.

투구 시마다 미묘한 차이가 생기긴 하지만 그건 인간이기 때문에 당연한 일이었다.

특별히 밸런스의 문제도 없고 릴리스 포인트도 일정했다.

무엇보다 아프지 않는 어깨가, 편한 한정훈의 얼굴이, 날카롭게 꽂히는 투구가 쾌조의 컨디션이라는 걸 증명하고 있었다.

"그럼 슬슬 페이스를 올려 볼래?"

강혁이 슬그머니 물었다.

본래 계획은 3이닝, 9아웃까지 80퍼센트의 힘으로 던진 뒤 마지막 1아웃을 전력투구 하는 것이었다.

그가 여섯 번째 타석 때 고개를 흔든 건 한정훈의 위기관리 능력을 보기 위해서였다.

처음으로 긴장감이 감도는 타석이다 보니 한정훈이 어찌 대처할지 궁금해진 것이다.

연습 투구에서는 160㎞/h의 강속구를 꽂아대다가도 마운드에 올리기만 하면 사사구로 자멸해 버리는 투수들이 한둘이 아니었다.

잘 던지다가 위기 상황에 처하면 밸런스가 무너지는 투수들도 많았다.

그러나 모든 건 강혁의 기우였다.

한정훈은 무표정한 얼굴로 이정우를 요리했다.

잠시 이정우 쪽으로 기울던 승부의 추도 냉큼 한정훈의 품으로 돌아왔다.

하지만 앞으로 남은 타석에서도 그럴 것이라는 보장은 없었다.

이정우는 프로 선수다. 빠르면 다음 타석, 늦어도 그다음 타석에서는 결과물을 만들어낼 것 같았다.

이정우야 안타를 치든 전 타석 삼진을 당하든 얻을 게 많지 않겠지만 한정훈은 달랐다.

프로 레벨의 선수를 상대로 10아웃을 안타 하나 맞지 않고 잡아낸다면 그 자신감은 두고두고 도움이 될 터였다.

스승으로서 강혁은 한정훈이 오늘 많은 것을 얻어가길 바랐다.

그래서 자신의 기대보다 더 크게 성장해 주길 원했다.

그런 강혁의 속내가 고스란히 한정훈에게 전해졌다.

그래서일까. 한정훈은 오히려 강혁에게 조금 더 보여주고 싶었다.

"아뇨, 당분간 이 페이스 유지할게요."

강혁을 똑바로 바라보며 한정훈이 고개를 저었다.

이제 막 승부가 재미있어지려던 차였다.

여기서 봉인(?)을 풀면 자신에게도 이정우에게도 도움이 될 것 같지 않았다.

"그러다 안타 맞는다."

"에이, 투수가 안타 맞는 건 당연한 거죠. 그런 걸 두려워 해서는 대투수가 될 수 없다고 하셨잖아요."

"허어……."

"걱정하지 마세요. 그리고 아직 안타 한 개도 맞지 않았잖아요."

한정훈이 씩 웃으며 마운드로 돌아갔다. 그러자 이정우가 요란한 연습 스윙으로 한정훈을 맞았다.

이제 남은 아웃 카운트는 4개다.

이 4개의 아웃 카운트를 한꺼번에 잡아야 한다는 부담감이 없지 않았지만 한정훈은 여유롭게 로진백을 털어냈다.

"후우……."

날숨과 함께 로진 가루를 불며 한정훈이 이상범을 바라봤다.

바깥쪽 낮은 코스의 패스트볼.

느낌상 이정우의 방망이가 나올 것 같았지만 한정훈은 군말 없이 공을 던졌다.

퍼걱!

예상대로 이정우가 공을 걷어냈다. 파울은 됐지만 스윙이 조금만 빨랐다면 정타가 됐을 타구였다.

그러나 한정훈은 눈 하나 까딱하지 않았다.

오히려 쳐 볼 테면 쳐 보라는 듯이 같은 코스로 포심 패스트볼을 하나 더 꽂아 넣었다.

퍼엉!

이번에는 이정우가 꼼짝 못하고 당했다.

지금껏 같은 코스로 공을 2개 연속 던진 적이 없다 보니 방망이를 휘두를 생각조차 하지 못한 것이다.

"크윽."

이정우가 아랫입술을 질근 깨물었다.

이번 타석은 자신 있었는데 또다시 볼카운트가 몰리고 말았다.

그런 이정우를 바라보며 한정훈은 피식 웃어 보였다.

프로 선수라곤 해도 이제 1년 차.

경험이 부족할 수밖에 없었다.

'과연 이 공을 참을 수 있을까?'

한정훈은 가운데 낮은 코스로 공을 던졌다.

포심 패스트볼이라면 아슬아슬하게 스트라이크 존에 걸치고 체인지업이라면 포수 가랑이 쪽에서 포구되는 위치로 말이다.

투 스트라이크 노 볼.

타자가 절대적으로 불리한 카운트에서 이정우가 이 공을 참아낸다면 속으로 박수를 쳐줄 생각이었다.

그러나 이정우의 방망이는 어정쩡하게 휘돌았다. 포심 패스트볼도, 체인지업도 쳐낼 수 없는 속도로 말이다.

그리고 공은.

퍼엉!

체인지업 궤적을 그리며 이상범의 미트 속으로 빨려 들어갔다.

"와우, 진짜 저 녀석 고등학생 맞아요?"

서재훈의 입에서 절로 감탄이 터져 나왔다.

한정훈과 4개월 넘게 훈련을 해왔지만 이 정도로 영리할 줄은 생각지 못했다.

초구 이후로 한정훈은 직접 사인을 냈다.

이상범의 뻔한 볼 배합을 이정우가 완전히 파악했다는 걸 알아챈 것이다.

2구째 던진 포심 패스트볼은 배짱이 두둑했다.

이정우의 계산을 역으로 치고 들어간 한 방이었다.

그렇게 이정우를 궁지로 몰아넣은 뒤 3구째 한가운데서 떨어지는 체인지업을 던졌다.

그 공에 이정우는 또다시 멍한 표정이 되어버렸다.

마치 전혀 다른 투수를 상대하기라도 하는 것처럼 말이다.

타순이 두 번 정도 반복되면 투구 패턴을 바꾸는 건 프로에서도 베테랑들이나 가능한 일이었다.

그런데 이제 고등학교 1학년인 한정훈이 그 노련한 피칭을 선보이고 있었다. 그것도 프로 선수를 상대로 말이다.

'진짜 저 녀석, 메이저 보내야지 안 되겠어.'

서재훈이 실실 웃으며 강혁을 바라봤다.

그러나 강혁은 언제나처럼 무표정한 얼굴로 대결을 지켜볼 뿐이었다.

물론 강혁도 놀라긴 마찬가지였다.

어찌나 흥분했던지 손에 쥐고 있던 선글라스의 안경다리가 휘어질 정도였다.

'내가 진짜 어쩌자고 저 녀석을 맡아서는……'

강혁은 심장이 두근거렸다.

지금까지 적잖은 아마추어 선수들을 지도해 왔지만 한정훈처럼 부담감을 주는 녀석은 처음이었다.

'이제 저 녀석에게 뭘 더 가르쳐야 하지?'

강혁은 골치가 아팠다. 명색이 코치인데 투구 폼 하나 고쳐 주고 말 수는 없는 노릇이었다.

그런 서재훈과 강혁의 애타는 마음도 모른 채 한정훈은 곧바로 여덟 번째 아웃 카운트를 낚아챘다.

결과는 5구 삼진.

패스트볼을 노리는 듯한 이정우를 5구 연속 체인지업으로 잡아냈다.

"와아, 진짜······."

이정우는 할 말이 없었다. 아니, 할 말을 잃었다.

이토록 과감한 승부는 프로에서도 쉽게 보기 어려운 것이었다.

그래서 더 욕심이 났다.

어떻게든 이 잘난 후배 녀석의 공을 쳐서 안타를 때려내야 선배로서 인정받을 수 있을 것 같았다.

'와라!'

방망이를 들어 올리며 이정우가 눈을 빛냈다.

그 순간 한정훈의 공이 바깥쪽으로 날아들었다.

체인지업? 아니면 패스트볼?

고심하던 이정우의 방망이가 한 타이밍 늦게 움직였다.

그러나 공은 이정우의 방망이 윗면을 때리고는 포수 뒤로 넘어가 버렸다.

'와, 진짜 미치겠네.'

이정우는 혀를 내둘렀다.

체인지업이 눈에 익었다 싶으니까 패스트볼이다.

정말 고등학생 1학년이 맞기는 한 건지 학생증을 뒤져 보고 싶을 정도였다.

얄밉고 얄밉고 얄미웠다. 하지만 이정우는 한정훈이 싫지가 않았다.

오히려 고마웠다. 오랜만에 자신을 이렇게 끓어오르게 만들어줬으니 말이다.

후우.

길게 숨을 고르며 이정우가 방망이를 고쳐 잡았다.

그리고 날숨이 끝이 날 때쯤 한정훈이 타이밍을 끊듯 공을 던졌다.

후앗!

빠르게 날아든 공이 또다시 바깥쪽으로 향했다.

'이번엔 패스트볼!'

이정우가 빠르게 방망이를 돌렸다. 그러나 날아든 공은 기다렸다는 듯이 이정우의 스윙 궤적 밑으로 가라앉아 버렸다.

'와, 또 속았네.'

이정우는 고개를 흔들어 댔다. 오늘 이 체인지업에 헛스윙을 몇 번 했는지 기억조차 나지 않았다.

문제는 또다시 볼카운트가 투 스트라이크로 몰렸다는 점

이다.

'제발. 속구 하나만 줘라.'

이정우가 간절히 패스트볼을 바랐다. 그런 이정우의 속내를 읽기라도 한 것일까.

후앗!

한정훈의 손끝을 빠져나온 공은 이정우의 스윙을 피해 아래로 똑 떨어져 버렸다.

3

아홉 번째 타석에서부터 이정우는 노림수를 버렸다.

정확하게 말하자면 한정훈의 공을 노릴 수가 없었다.

패스트볼을 노리면 체인지업이 들어왔다. 반대로 체인지업을 기다리면 패스트볼이 날아들었다.

어느 정도 공식이 있던 코스도 예측 불가능하게 바뀌었다.

이래서는 노려 치는 것 자체가 의미가 없었다.

'일단 눈에 들어오는 건 다 때려 버리자.'

이정우는 계획을 다시 변경했다. 이제 고등학교 1학년인 한정훈에게는 미안한 이야기지만 정면승부로는 답이 없어 보였다.

이정우는 방망이를 평소보다 짧게 쥐었다.

그리고 철저하게 체인지업 타이밍에 스윙하며 패스트볼을 걸러내기 시작했다.

덕분에 9번째 타석은 8구 승부까지 이어졌다.

스트라이크, 파울, 볼, 파울, 파울, 볼, 파울, 헛스윙.

삼진을 먹긴 했지만 한 타석에서 처음으로 4개의 타구를 만들어냈다.

'할 수 있다.'

자신감이 상승한 이정우는 같은 방법으로 마지막 타석에 들어섰다.

그리고 5구만에 그토록 바라던 안타를 만들어냈다.

파아앙!

이정우가 쳐낸 타구가 한정훈의 키를 훌쩍 넘어갔다.

"와우, 이제야 하나 치네."

서재훈의 입에서 안도의 목소리가 흘러나왔다.

가뜩이나 타격감이 좋지 않아 심란해하던 이정우를 데려다 놓고 고생만 시키는 것 같아 미안했는데 이제 좀 마음이 놓였다.

"후우……."

이정우도 한결 가벼워진 얼굴로 타석에 들어섰다.

아웃 카운트는 하나밖에 남지 않았지만 아직 안타를 칠 기회는 얼마든지 있었다.

'충격이 좀 있겠지.'

이정우는 한정훈이 적잖게 흔들렸을 것이라 여겼다.

마음이 흔들리면 제구가 불안해지고 밸런스가 깨지면서 공의 위력이 반감되는 법이다.

그럴수록 자신에게 기회가 생길 것이라 기대했다.

그러나 한정훈은 그저 고개 몇 번 끄덕거리곤 넘겨 버렸다.

9연속 탈삼진이 깨지고 목표로 삼았던 10연속 탈삼진이 불가능하게 됐지만 크게 신경 쓰지 않았다.

포심 패스트볼과 체인지업, 두 구종만으로 프로 선수인 이정우를 상대해서 삼진 9개를 빼앗아냈다.

만약 이 이야기를 김선인에게 들려준다면 무슨 소리를 할까?

아마 믿으려 들지도 않을 것이다.

그만큼 한정훈의 투구 능력은 부상 전보다 확실히 좋아졌다.

80퍼센트의 힘으로 이정우를 몰아붙일 수 있을 만큼 말이다.

이만하면 투구 폼 변경은 성공적이었다.

이제 남은 건 자신만만해하는 이정우에게 자신의 진짜 한정훈의 공을 보여주는 것이다.

'선배, 고생 많았어요.'

잠시 감사한 마음으로 이정우를 바라보던 한정훈이 포심 패스트볼 그립을 잡았다.

그리고 포수 미트 한가운데를 향해 있는 힘껏 공을 던졌다.

후아앗!

손끝을 빠져나온 공이 요란한 파공성을 내며 날아들었다.

"읏!"

깜짝 놀란 이정우가 반사적으로 방망이를 휘둘렀다. 그러나 공은 어느새 포수 미트 속에 쳐 박혀 있었다.

"뭐, 뭐야?"

이정우가 말도 안 된다는 얼굴로 한정훈을 바라봤다.

야, 이 빌어먹을 후배 놈아. 이건 해도 해도 너무하잖아. 대체 이 공은 뭐야.

이정우의 복잡해진 표정이 딱 그렇게 말하고 있었다.

그러나 한정훈이 보여줄 건 가속된 포심 패스트볼만이 아니었다.

2구째도 포심 패스트볼에 헛스윙 한 이정우의 눈앞으로 한정훈의 3구가 느릿하게 떨어졌다.

'이런 제기랄!'

공의 궤적을 알아챘을 때는 이미 방망이를 휘둘릴 타이밍을 놓치고 말았다.

퍽!

꿈틀거리며 떨어진 공이 스트라이크존 바깥쪽에 걸쳤다.

너클 커브.

말 안 듣는 커브를 서재훈과 함께 개량한 써드 피치로 첫 번째 삼진을 잡는 순간이었다.

4

"정우야, 고생 많았다. 그리고 진짜 미안하다."

시합이 끝나기가 무섭게 서재훈이 냉큼 이정우를 달랬다.

프로 선수로서 자존심이 상했다고 생각한 것이다.

그러나 정작 이정우는 갑작스럽게 달라진 한정훈의 피칭에서 빠져나오지 못하고 있었다.

"선배님, 아까 저 녀석이 던진 패스트볼…… 뭐였죠?"

"응? 그게…….."

"분명이 그전까지 던지던 패스트볼과는 움직임이 다르던데요. 뭔가 떠오르는 느낌이던데……. 혹시 라이징 패스트볼이에요?"

이정우는 서재훈을 붙잡고 한참 동안 한정훈에 대해 물어 댔다.

덕분에 서재훈은 팔자에도 없는 한정훈의 대변인이 되어야 했다.

그사이 아이스 팩을 두른 한정훈이 이정우에게 다가왔다.

"선배님, 오늘 정말 감사했습니다."

한정훈이 이정우에게 깍듯이 허리를 구부렸다.

승부의 세계는 냉정하다지만 사적으로 이정우는 가까이 지내고 싶은 프로 선수 중 한 명이었다.

이정우도 자신을 탈탈 털어버린 어린 후배의 등장이 싫지만은 않은 얼굴이었다.

"정훈이라고 했지? 와, 너 진짜 끝내주더라."

이정우는 진심으로 한정훈을 인정했다.

마지막 열 번째 아웃 카운트가 없었다면 재능 있는 후배 정도로 기억했겠지만 지금은 달랐다.

이건 확실한 물건이었다. 당장에라도 구단 스카우터에게 한정훈을 주시하라고 일러주고 싶을 정도였다.

그래서일까. 이정우는 한정훈과의 인연을 이대로 끝내고 싶지가 않았다.

"너 핸드폰 있지? 나 번호 좀 알려주라."

"네? 아, 네. 잠시만요."

"어, 그래 추가됐다. 너 깨톡은 하지?"

한정훈의 전화번호를 얻은 이정우는 아이돌의 팬처럼 좋아했다. 그러고는 바로 그날 저녁부터 깨톡을 날려댔다.

정훈아, 혹시 신발하고 글러브 필요하면 말해.
형이 좋은 놈으로 챙겨 줄게.

형, 진짜죠?
약속한 거예요.

그럼 그러니까 꼭 트윈스 들어와야 해 알았지?
너 딴 구단 가면 진짜 미워할 거다.

에이 그게 제 맘대로 되나요.
그리고 내일 선발이라면서요.
얼른 자고 내일은 꼭 안타 3개 때려요.

알았다.
선배 체면이 있지 안타 3개 친다.

그럼 얼른 자야죠.

쳇, 야박한 놈.
너도 잘자라.

"후우…… 이것도 쉽지 않네."

가까스로 깨톡을 마친 한정훈이 피식 웃어 보였다.

이정우와 친해진 것 까진 좋은데 밤마다 닭살스럽게 깨톡 메시지를 주고받으려니 어색해 죽을 것 같았다.

그래도 한정훈은 자신을 친동생처럼 챙겨주는 이정우의 마음이 고마웠다.

만약 자신이었다면, 연습 게임 내내 안타를 쳐낸 후배 녀석 따위는 쳐다보지도 않았을 것이다.

"이래서 야구는 잘하고 봐야 한다니까."

침대에 드러누우며 한정훈이 피식 웃었다.

과거에도 야구 못한다는 소리를 들은 적은 없지만 그 정도 재능은 프로에 가면 발에 치일 정도였다.

그래서 다시 시작한 야구 인생, 제대로 살아 보겠다고 마음먹었는데 이토록 일이 잘 풀릴 줄은 미처 예상하지 못했다.

행복한 만큼 불안한 마음도 없지 않았다. 하지만 한정훈은 긍정적으로 생각했다.

"이제 허 감독만 빨리 잘려주면 딱인데 말야."

아직 다 끝나지 않은 9월달 달력을 바라보며 한정훈이 혼잣말처럼 중얼거렸다.

그 소리를 저주의 신이 듣기라도 한 것일까.

동명고등학교의 마지막 전국 대회에 어둠이 드리우기 시

작했다.

5

허세명 감독이 이끄는 동명고등학교는 주말 리그에서 승승장구했다.

고교 리그 평균 이상의 타격에 에이스급 선발 3인방까지.

만나는 팀마다 반칙이라며 볼멘소리를 낼 정도였다.

하지만 정작 전국 대회의 성적은 신통치 않았다.

5월에 열린 봉황기는 2회전 탈락.

주말 리그 왕중왕전과 겸해 열린 6월 황금사자기는 8강에서 탈락.

명예 회복의 기회로 삼겠다며 벼르고 벼렸던 7월의 청룡기는 1회전 탈락.

8월의 대통령배는 불참.

그리고 올해 마지막 전국 대회인 지금의 협회장기에서도 동명고등학교는 고전을 면치 못하고 있었다.

"빌어먹을."

허세명 감독이 질근 입술을 깨물었다.

대진 운이 좋아 한 고비만 넘기면 결승을 바라볼 수 있겠다 싶었는데 그 고비에 턱 하고 걸려 버렸다.

동명고등학교와 4강 진출을 놓고 다투는 상대는 경북의 강호 경복고등학교.

아시아의 홈런왕 이승혁을 비롯해 배용수, 김광민 등 수많은 프로 선수를 배출한 명문 야구팀이었다.

타격에 물이 오른 경복고등학교를 상대하기 위해 허세명 감독은 경기 직전 차기혁을 대신해 좌완 권승현을 선발로 내세웠다.

좌타자로 구성된 경복고등학교의 중심 타선을 노린 변칙 전술이었다.

좌타자 킬러 권승현은 허세명 감독의 기대대로 호투를 펼쳤다.

145km/h의 포심 패스트볼과 130km/h의 슬라이더, 그리고 올 초에 연마한 120km/h의 서클체인지업을 적절하게 섞어 던지며 마운드를 지켰다.

6이닝 동안 피안타 5개, 사사구 1개, 삼진 4개, 실점은 단 한 점.

투구 수가 많지 않았다면 완투를 노려볼 만한 경기 내용이었다.

권승현의 뒤를 받친 차기혁은 한술 더 떴다.

선발로 나서지 못한 분풀이라도 하려는 듯 경복고등학교 타선을 2이닝을 연속 삼자범퇴로 돌려세워 버렸다.

그 와중에 삼진은 3개. 차기혁을 믿지 못한 게 미안할 정도의 완벽투였다.

투수들이 이 정도 했다면 나머지는 타자들의 몫이다.

동명고등학교의 경기당 평균 득점은 4.5점이었다.

타격을 앞세운 경복고등학교에 비할 바 못되지만 투수들이 연이어 호투를 펼친 오늘 같은 경기에서는 타자들이 평균치만 해줘도 여유로울 수밖에 없었다.

그런데…… 정작 경기는 동명고등학교가 앞서 가는 게 아니라 끌려가고 있었다.

권승현과 차기혁의 호투에 경복고등학교 타자들이 기가 꺾인 것처럼 동명고등학교 타자들도 상대 투수를 전혀 공략하지 못한 탓이었다.

경복고등학교 2학년 안성민.

3학년도 아닌 2학년 투수의 강속구에 타자들은 속절없이 선풍기질만 해대고 있었다.

출루라고는 공형빈이 기록한 안타 하나와 볼넷 하나가 전부였다.

심지어 득점권에 주자가 진루한 적은 단 한 번도 없었다.

"저 자식…… 대체 뭐야?"

허세명 감독은 짜증이 났다.

180㎝의 큰 키에서 내리 꽂는 패스트볼 구속은 155㎞/h를 넘나들었다.

거기다 낙차 큰 커브를 자유자재로 던지며 경기를 지배하고 있다.

이 정도 클래스라면 당장 메이저리그에 진출해도 손색이 없을 것 같았다.

그런데 저런 녀석이 이제 2학년이라니.

반칙도 이런 반칙이 없었다.

물론 여름 들어 부쩍 구속을 끌어올린 1선발 조찬수도 어느덧 155㎞/h의 패스트볼을 던지고 있었다.

하지만 조찬수는 3학년이다.

이 대회가 끝나면 해외나 프로 진출을 놓고 고민해야 하는 시점이었다.

반면 안성민은 앞으로 1년 더 고교야구 무대에 남는다.

아마 프로 데뷔를 위해 올 겨울 즈음에 새로운 구종을 하나 더 장착하고 나올 터.

지금도 공략이 어려운데 그때가 되면 아예 언터처블이 되어버릴 것 같았다.

안성민이 버티는 경복고등학교는 내년에도 승승장구할 것 같았다.

반면 내년의 동명고등학교 마운드는 한심스러운 수준이었다.

2학년 공명찬과 1학년 홍영철.

둘에게 상당한 기회를 줬건만 그들은 매번 허세명 감독의 뒤통수만 치고 있었다.

홍영철은 봉황기에서 다 이긴 경기를 말아먹었다.

1이닝 동안 5실점하며 역전패의 빌미를 제공했다.

공명찬은 청룡기에서 생애 최악의 경기를 펼쳤다.

한물간 고교팀을 상대로 선발 가능성을 점검하려 했건만 3이닝 동안 7실점하며 일찌감치 경기를 끝내 버렸다.

설상가상으로 불을 끄기 위해 올라온 조찬수가 손등에 타구를 맞으며 시일이 촉박한 대통령배를 포기할 수밖에 없었다.

"후우……. 영민이 녀석은 올라올 생각을 안 하고 있고. 성기도 답이 없고."

허세명 감독이 고개를 흔들었다.

부족한 투수력을 보완하기 위해 중학교 시절 투수 경험이 있는 노영민과 홍성기를 투수로 돌리려 했지만 좀처럼 성장을 하지 못하고 있었다.

"그나저나 정훈이 이 새끼는 대체 언제 공을 던지는 거야?"

자연스럽게 불똥이 한정훈에게 튀었다.

연습 경기에서 자신을 설레게 만들었던 건방진 녀석이 대단찮은 어깨 부상으로 1학년을 통째로 날려 버릴 줄은 미처 생각하지 못했다.

어깨가 나으면 후딱 돌아올 줄 알았다.

그때가 되면 마지못해 기회를 줘 볼 생각이었다.

그런데 뜬금없이 투구 폼 교정을 하겠다고 까불어댔다.

지금의 투구 폼으로는 어깨 부상이 재발할 수 있다니 만류하기조차 어려웠다.

감독의 입장에서 봤을 때 솔직히 밉상 짓도 그런 밉상 짓이 없었다.

믿고 맡길 만한 투수가 두 명, 아니, 한 명만 더 있었더라도 허세명 감독은 한정훈이라는 이름 석 자를 머릿속에서 깨끗이 지워 버렸을 것이다.

그러나 개똥도 약에 쓰려면 없다고 했던가.

지금 허세명 감독의 입장이 딱 그랬다.

이제 고작 1학년에 쓸 만한 것이라곤 패스트볼 하나뿐이었지만 허세명 감독은 한정훈의 부재가 아쉽기만 했다.

만약 한정훈이 봉황기 때 있었다면?

결코 홍영철을 내보내지 않았을 것이다.

청룡기 때도 마찬가지다.

공명찬이 대량 실점의 조짐을 보인 순간 한정훈을 내보내 경기의 흐름을 바꿔봤을 것이다.

아니, 공명찬이 망쳐 놓은 경기를 한정훈이 마무리 지었다면 조찬수가 부상당할 일도 없을 테니 대통령배를 바라만 보진 않았을 것이다.

그러나 애석하게도 지금 불펜에서 몸을 푸는 건 공명찬과 홍영철뿐이었다.

그리고 허세명 감독은 1 대 0, 박빙인 이 경기를 둘 중 누구에게도 맡기고 싶진 않았다.

'차라리 1 대 0으로 지면 모양새라도 살지. 두 놈을 올렸다간 실점만 늘어날 거야.'

허세명 감독이 고개를 흔들어 댔다.

공명찬과 홍영철의 부모들이 보인 성의를 무시하고 싶지는 않지만 더 이상 둘을 중용하긴 어려울 것 같았다.

그때였다.

따아악!

요란한 소리와 함께 타구가 펜스 쪽으로 날아갔다.

"나이스!"

"뛰어! 뛰어!"

더그아웃에 앉아 있던 선수들이 벌떡 일어나 소리쳤다.

뒤늦게 정신을 차린 허세명 감독도 냉큼 더그아웃 바깥으로 고개를 빼냈다.

'허……! 저 녀석이 뭔 일이야?'

놀랍게도 안성민을 상대로 어마어마한 장타를 날린 건 포수 박경철이었다.

3연 타석 삼진으로 물러난 게 억울했던지 펜스 직격 2루타를 때려 낸 것이다.

갑작스러운 일격에 안성민의 얼굴이 굳어졌다.

뒤이어 마운드에 올라 온 경복고등학교 감독은 투수 교체를 지시했다.

투구 수도 적지 않았지만 안성민의 심리적인 타격이 크다고 판단한 모양이었다.

"좋아! 좋아!"

"할 수 있어!"

동명고등학교 더그아웃이 들썩였다.

안성민의 호투에 끌려가던 경기에서 처음으로 득점권에 주자가 나갔다.

그것도 무사 2루 상황이다.

아웃 카운트 3개 중에서 안타가 하나라도 나온다면 동점을 만들 수 있었다.

하지만 정작 허세명 감독은 머릿속이 복잡하기만 했다.

2루 주자는 박경철이다.

걸음이 느린 박경철을 홈으로 불러들이기 위해서는 장타

성 안타가 필요했다.

하지만 지금껏 안성민의 공에 눌려 있던 타자들에게 큰 기대를 하기란 쉽지 않았다.

'욕심을 버리자.'

허세명 감독은 흥분을 가라앉혔다. 일단 동점을 만드는 게 우선이었다. 그러기 위해서는 박경철을 3루에 보내 놓아야만 했다.

가장 적합한 작전은 보내기 번트.

그런데 하필이면 다음 타자가 차기혁이었다.

대타 자원을 아끼기 위해 차기혁을 9번 타순에 집어넣었는데 하필 박경철이 2루타를 치고 나가 버린 것이다.

'기혁이를 바꿔야 하나?'

고심하던 허세명 감독이 심판에게 다가가 대타를 요청했다.

2학년 이후로 타석에 들어간 적이 없는 차기혁을 믿고 작전을 걸 수는 없었다.

게다가 9회 말 경복고등학교 타선은 공포의 좌완 트리오였다.

아직까지 차기혁의 투구 수가 여유롭다 해도 사이드 암에게 좌타자는 아무래도 부담스러울 수밖에 없었다.

'역전만 된다면…… 찬수라도 내보내야지.'

발 빠른 전준하를 대타로 내세우며 허세명 감독은 계산에 들어갔다.

이틀 전 선발로 나와 완투를 한 조찬수의 어깨를 고려했을 때 휴식을 주는 게 옳겠지만 이 상황에서 공명찬과 홍영철을 마운드에 올릴 수는 없는 노릇이었다.

전준하는 허세명 감독의 기대에 부응했다. 3루 쪽에 정확하게 번트 타구를 보내 박경철을 3루로 보냈다.

원아웃 3루에서 타석에 들어선 건 공형빈.

'아무래도 스퀴즈는 위험하겠지.'

허세명 감독은 강공을 지시했다.

그러나 경복고등학교 배터리는 타격감 좋은 공형빈과 승부를 볼 마음이 없었다.

"볼!"

6구까지 가는 승부에서 볼넷을 얻어낸 공형빈이 1루에 나갔다. 이어지는 타석은 센스 좋은 박건호.

'여기서 작전을 걸어 보자.'

허세명 감독은 지금이 승부처라 확신했다. 그래서 런 앤 히트 사인을 냈다.

사인을 확인한 공형빈이 리드 폭을 넓혔다.

공형빈이 뛸 것이라 생각한 투수는 바깥쪽 패스트볼을 던졌다.

그리고 패스트볼에 강한 박건호는 기다렸다는 듯이 1, 2루 간으로 타구를 밀어 쳤다.

"나이스!"

"빠졌다!"

박건호의 안타로 3루 주자 박경철이 여유롭게 홈에 들어왔다. 그사이 공형빈은 3루까지 들어갔다.

점수는 1 대 1 동점.

"씨발. 좆같네!"

불안한 눈으로 경기를 지켜보던 안성민이 신경질적으로 글러브를 내던지고 말았다.

이어지는 타석에서도 동명고등학교는 힘을 냈다.

3번 장성민의 외야 플라이로 1점을 낸 뒤에 4번 차기혁이 1타점 2루타를 때려냈다.

5번 조인기는 볼넷 출루.

마지막으로 6번 장성민이 큰 것 한 방을 노렸지만 내야 플라이로 물러났다.

"아오, 저 짐성민 자식."

추가 득점을 기대했던 박경철이 보란 듯이 욕지거리를 내뱉었다.

1학년 주제에 6번 타순을 꿰차놓고 찬스 때마다 번번이 삽질만 해대니 예뻐해 주려고 해도 예뻐할 수가 없었다.

그러나 허세명 감독은 만족스러운 얼굴이었다.

1 대 0으로 끌려가던 경기가 1 대 3으로 뒤바뀐 데다가 두 점 차 리드다.

이 정도면 굳이 에이스인 조찬수를 내보내지 않아도 될 것 같았다.

오늘 이기면 4강전은 이틀 후에 열린다.

오늘 경기에서 조찬수가 무리를 하게 된다면 4강전 등판이 어려워질지도 몰랐다.

"명찬이 불러라."

고심 끝에 허세명 감독은 공명찬을 선택했다. 남은 아웃 카운트는 3개뿐이다.

공명찬의 공은 여전히 믿기 어렵지만 포수인 박경철에게 어렵게 승부하라 지시한다면 두 점 차 리드는 어떻게든 지킬 수 있을 것 같았다.

허세명 감독의 지시를 받은 공명찬은 당당하게 마운드에 올랐다.

팀의 4강 진출을 제 손으로 마무리 지을 수 있다는 사실에 상당히 들뜬 얼굴이었다.

하지만 경기는 그렇게 호락호락하게 끝나지 않았다.

딱! 따악! 따악!

경복고등학교 좌타 클린업의 3연속 2루타가 터지며 점수는 순식간에 3 대 3이 되어버렸다.

"이런 빌어먹을!"

뒤늦게 조찬수를 내보냈지만 소용없었다.

경복고등학교 벤치의 연속 스퀴즈 플레이에 동명고등학교는 맥없이 결승점을 헌납하고 말았다.

"게임 셋!"

심판의 콜과 함께 경기는 끝이 났다.

4 대 3 경복고등학교의 승리.

그렇게 동명고등학교의 협회장기 도전은 8강에서 막을 내리고 말았다.

학교로 돌아온 허세명 감독은 성적 부진을 이유로 이사장에게 불려가는 신세가 됐다.

"대체 넌 왜 그렇게 못 던지는 거야? 네가 투수야? 어?"

화가 단단히 난 허세명 감독이 공명찬을 닦달했다.

체벌을 하진 않았지만 선수들 앞에서 패배의 모든 원인을 공명찬의 탓으로 돌렸다.

그런데 하필 그 모습을 공명찬의 어머니가 보고 말았다.

그것도 미안한 마음에 통닭을 스무 마리나 튀겨 온 상황에서 말이다.

"감독님! 해도 해도 너무하시는 거 아니에요? 우리 애가 부진했어도 그렇지 어떻게 그러실 수가 있어요? 제가 감독님께 그동안 챙겨드린 게 얼마인 줄이나 아세요?"

화가 난 공명찬의 어머니는 후원금까지 들먹이며 허세명 감독을 압박했다.

뒤늦게 아차 싶었던 허세명 감독이 공명찬의 어머니를 달래려 했지만 때는 이미 늦어버렸다.

"후원금이라니요? 설마 뒷돈을 이야기하는 건 아니겠죠?"

이사장은 이때다 싶어 허세명 감독의 뒷조사를 시작했다.

그리고 얼마 지나지 않아 허세명 감독이 일부 학부형들로부터 후원금이라는 명목으로 뒷돈을 받아왔다는 사실이 드러났다.

반쯤 자발적으로 후원금을 건네던 학부형들은 허세명 감독이 먼저 돈을 요구했다고 입을 맞췄다.

허세명 감독이 아니라고 부인했지만 고작 그 정도 변명만으로 사태를 진정시키긴 어려웠다.

"둘 중 하나만 하세요. 알아서 그만두시든지 경찰 조사를 받으시든지."

이사장은 허세명 감독을 불러다 놓고 최후통첩을 날렸다.

"제 개인적인 사정으로…… 감독직에서 물러나고자 합니다."

허세명 감독은 어쩔 수 없이 감독직을 내려놓았다.

계약 기간이 1년 남아 있지만 이 상황에서 자리를 보전한

들 의미가 없어 보였다.

허세명 감독을 따라 동명고등학교 야구부에 들어왔던 투수 코치와 타격 코치도 함께 옷을 벗었다.

그 빈자리를 놓고 이사장에게 수많은 청탁이 들어왔다.

신임 감독 공고를 보고 이력서를 보내온 야구인만 백여 명이 넘었다.

다들 아마추어 야구계에서 한가락씩 하는 야구인들이었다.

그러나 이사장은 아랫사람을 통해 신임 감독을 대충 뽑을 생각이 없었다.

주변의 청탁은 단칼에 거절하고 모든 창구를 학교의 공식 메일로 일원화시켰다.

그렇게 감독 지원 마감일까지 총 177통의 메일이 도착했다.

이사장은 그 많은 지원서를 일일이 살펴보았다. 대부분이 성에 차지 않았지만 그중에서도 옥석을 가리려 노력했다.

그러다 127번째 지원서를 보고는 자신이 헛짓을 했다는 사실을 깨달았다.

"이 사람이군. 이 사람이야."

날밤을 꼬박 샌 이사장의 입가로 웃음이 번졌다.

선수로서의 경력뿐만 아니라 지도자로서의 경력과 자세까지. 다른 지원자들과는 비교조차 되지 않았다.

무엇보다 마음에 드는 건 연봉을 학교 측에 위임하겠다는 부분이었다.

적어도 돈 때문에 동명고등학교 야구부 감독이 되려는 게 아니라는 뜻을 확실히 밝힌 셈이었다.

이사장은 다른 지원자들에게 유감의 메일을 보낸 뒤 곧바로 127번째 지원자를 감독으로 선임했다.

그리고 127번째 지원자가 동명고등학교의 야구복을 입고 야구부에 모습을 드러낸 순간, 부원들의 얼굴이 긴장감으로 뒤덮였다.

단 한 명만 빼고 말이다.

"반갑다. 강혁이다. 날 아는 사람도 있을 테고 모르는 사람도 있겠지만, 여러분들의 감독으로 이 자리에 선 만큼 내 가르침을 잘 따라와 주기 바란다."

강혁의 카리스마 넘치는 인사말에 부원들이 바짝 얼어붙었다.

그러나 한정훈은 알고 있었다. 머잖아 선수들의 얼굴에 강혁을 향한 신뢰의 꽃이 가득 피어오를 거란 사실을 말이다.

'이제 좀 야구다운 야구를 하겠네.'

쌀쌀한 바람에 야구복 상의를 여미며 한정훈이 씩 웃었다.

과거와 마찬가지로 한정훈의 야구 인생은 이제부터가 시작이었다.

10장
변화

1

　강혁의 감독 선임은 한정훈이 기억하는 과거보다 3개월여
가 빨랐다.

　그리고 그 3개월 동안 동명고등학교 야구부는 착실하게
성장을 했다.

　"안녕, 안녕. 다들 반가워. 난 박용혁이야."

　"최창오라고 한다. 앞으로 잘해보자."

　허세명 감독과 함께 사임한 두 코치를 대신해 강혁은 박용
혁과 최창오를 코칭스태프에 합류시켰다.

　두 사람 모두 프로 경력은 없지만 아마추어 쪽에서는 제법

이름이 난 코치들이었다.

박용혁은 상당히 재미있는 선수였다.

타격 능력은 형편없는데 빠른 발과 빼어난 타구 판단 능력을 활용한 수비 능력은 발군이었다.

거기다 포구 능력과 송구 능력도 좋았다.

그래서 대학야구에서도 주로 대주자와 대수비 요원으로 활약했다.

내외야를 가리지 않는 수비 능력과 과감한 주루 플레이로 알토란같은 활약을 했지만 박용혁은 대학야구의 주연이 될 수 없었다.

그래도 박용혁은 기죽지 않고 4학년 때까지 야구부 옷을 입고 버텼다.

그리고 은퇴한 이후에도 자신의 경험을 살려 지도자 생활을 하기로 마음먹었다.

대학원까지 진학해 야구의 이론적인 부분까지 착실히 쌓았지만 애석하게도 코치 박용혁을 써 주려는 곳은 없었다.

타격 능력이 떨어지다 보니 타격 코치로 부임하긴 어려웠다.

그렇다고 아마추어 팀에서 타격 코치와 수비 코치를 따로 둘 수도 없었다.

결국 박용혁은 인스트럭터 형식으로 이곳저곳 불려 다니

며 수비 요령을 가르칠 수밖에 없었다.

그렇게 열정을 불태우던 박용혁을 눈여겨본 게 바로 강혁이었다.

강혁은 박용혁의 전문적인 코칭이야말로 아마추어 선수들에게 꼭 필요한 것이라고 판단했다.

그래서 동명고등학교 감독으로 선임됐을 때 가장 먼저 박용혁을 불러들였다.

최창오는 역시 박용혁과는 걸어온 길이 달랐다.

한때 유망주였고 프로 입성을 눈앞에 뒀지만 고3 때 큰 교통사고를 당하면서 선수 인생을 포기할 수밖에 없었던 비운의 야구인이었다.

그러나 최창오는 박용혁처럼 야구를 포기하지 않았다.

선수에서 기록원으로, 심판으로, 지방방송 해설위원으로.

야구와 관련된 일이면 무엇이든 마다하지 않았다. 어떻게든 야구와 함께하는 삶을 살려 노력했다.

그런 최창오가 지도자의 길을 걷게 된 건 3년 전 처음 야구를 시작했던 중학교 야구부가 폐부된다는 소식을 들은 이후였다.

실력이 형편없고 선수층이 얇아 언제 없어질지 모르는 야구부를 맡겠다고 나서는 지도자는 없다시피 했다.

그 야구부를 살리기 위해 최창오는 스스로 감독이 되었고 한 번도 만나본 적이 없던 강혁에게 도움을 요청했다.

그때 강혁은 나중에 빚을 갚으라는 조건으로 최창오와 함께 야구부 살리기에 나섰다.

애석하게도 야구부는 학교 측의 일방적인 결정으로 2년을 버티지 못하고 폐부가 됐지만 그때의 인연으로 최창오는 동명고등학교에서 지도자의 삶을 이어갈 수 있게 된 것이다.

그렇게 절박함으로 버텨 온 박용혁과 최창오는 서로의 단점을 보완해 줄 수 있는 최고의 파트너였다.

타격 코칭은 불가능한 박용혁은 수비와 주루를 전담했다.

사고 이후로 몸을 움직이는 게 불편한 최창오는 타격과 재활, 그리고 기록 분석의 업무를 맡았다.

프로 구단의 전담 코치들과는 비교할 수 없겠지만 어쨌든 동명고등학교의 코칭스태프는 나름의 전문성을 가지고 선수들을 지도해 나갔다.

덕분에 1, 2학년 야수들의 실력이 하루가 갈수록 늘어갔다.

오죽했으면 프로에 진출할 준비를 하던 공형빈을 비롯한 3학년 졸업생들마저 훈련에 참여할 정도였다.

감독이기 이전에 지도자로서 강혁은 동명고등학교의 투수 육성에 집중했다.

강혁은 감독이랍시고 거들먹거리는 스타일이 아니었다.

스스로도 감독보다는 코치의 옷이 더 어울린다고 말할 정도였다.

"후우……."

감독에 부임하고 곧바로 투수들의 실력을 점검한 강혁은 그저 한숨만 나왔다.

한정훈을 제외하고는 투수라 부를 만한 선수가 전무한 상태였기 때문이다.

게다가 투수 자원도 한정적이었다. 3학년이 되는 공명찬과 2학년에 올라가는 한정훈과 홍영철.

공식적으로 내년 동명고등학교의 마운드를 이끌어 갈 수 있는 투수라고는 이들 셋이 전부였다.

그러나 세 명의 투수만으로 전국 대회에서 버티는 건 한계가 있었다.

과거처럼 에이스 투수를 혹사시킨다면 또 모르겠지만 선수를 희생시켜 얻는 승리는 의미가 없었다.

무엇보다 강혁의 지도 스타일 자체가 혹사와는 거리가 멀었다.

그렇다고 새로 들어올 신입생들에게 기대를 갖기도 어려웠다.

중학야구 레벨과 고교야구 레벨은 확실히 달랐다.

한정훈 같은 녀석이 나와 준다면 고맙겠지만 그럴 가능성은 그야말로 극히 드물었다.

설사 초대형 신입생들이 나온다 하더라도 그들이 동명고등학교에 입학하리란 법이 없었다.

올해 동명고등학교의 전국 대회 성적은 처참했다.

어느 대회건 4강 후보로 불리던 시절과는 차이가 있었다.

게다가 3학년이 빠져나간 이후의 예상은 더 비참했다.

폐지 논의 중인 주말 리그가 존립한다고 가정했을 때 동명고등학교가 리그 상위권에 들 가능성은 낮은 상황이었다.

그래서 강혁은 한정훈을 제외한 투수들을 집중 조련했다.

특히나 올 한 해 후보 투수로 활약(?)했던 공명찬과 홍영철은 쉴 틈조차 주지 않았다.

이 둘로 한정훈의 뒤를 받치게 만들겠다는 게 강혁이 내린 최종 결론이었다.

물론 처음에 강혁의 이야기를 들었을 때 공명찬과 홍영철의 표정은 가관이었다.

특히나 공명찬은 납득하기 어렵다는 반응이었다.

하지만 실력 점검차 진행된 자체 청백전에서 선보인 한정훈의 투구를 보고는 둘 다 입을 다물어버렸다.

족히 150km/h는 되어 보이는 포심 패스트볼과 체인지업, 너클 커브까지 구사하며 타자들을 요리하는 한정훈의 모습은 컨디션 좋을 때의 조찬수를 보는 것 같았다.

그렇게 별다른 반발 없이 동명고등학교의 1선발이 결정되었다.

너무 성급한 결정이 아니냐는 일부 학부형들의 반발이 있었지만 그것도 잠시뿐.

지금의 한정훈을 만든 게 강혁 감독이라는 사실이 알려지면서 학부형들은 언제 그랬냐는 것처럼 꼬리를 내려버렸다.

공명찬과 홍영철의 수준을 끌어올리면서 강혁은 별도로 허세명이 망치다시피 한 노영민과 홍성기를 특별 지도했다.

단순히 투수의 능력만 놓고 보자면 노영민과 홍성기는 미완성이었다.

하지만 그렇기 때문에 발전 가능성은 공명찬이나 홍영철보다 더 클 수 있었다.

"조바심을 버려라. 그리고 긍정적으로 생각해라. 너희들이 나를 믿고 따라와 준다면 나도 결코 너희의 기대를 저버리지 않겠다."

강혁의 독려에 야구를 그만두려 했던 노영민과 홍성기가 마음을 다잡았다.

강혁은 이 둘을 불펜 요원으로 활용할 계획이었다.

이 둘이 기대대로만 성장해 준다면 3학년 3인방이 버티던 올해 수준까진 무리더라도 다른 고등학교에서 쉽게 무시하지 못할 투수력은 될 것 같았다.

강혁의 지도 대상에서 잠시 열외된 한정훈도 요령 피우지 않고 개별적으로 훈련에 임했다.

이미 투수 훈련에 관한 기본적인 건 강혁을 통해 진작 배운 후였다.

"나이스 볼!"

한정훈의 공은 이만호가 받아주었다.

박경철이 빠지면서 주전 포수는 조인식의 몫이었지만 발목 부상이 다 낫지 않았다는 사실이 밝혀지면서 이만호가 주전 마스크를 쓰게 됐다.

대신 조인식은 백업 포수 및 지명타자로 활용될 예정이었다.

덕분에 이만호는 싱글벙글이었다.

보고 싶었던 한정훈이 돌아왔다. 그리고 새로 온 신임 감독 덕분에 주전 포수가 됐다.

그토록 바라던 일이 한꺼번에 이루어졌으니 신이 나지 않을 수가 없었다.

무엇보다 이만호를 즐겁게 만든 건 한정훈과 다시 배터리를 이루게 된 것이다.

퍼어엉!

한정훈이 가볍게 던진 포심 패스트볼이 미트를 찢어발기듯 파고들었다.

"와, 진짜……."

그때마다 이만호는 할 말을 잃었다.

부상에서 회복된 지 얼마 되지도 않았는데 이런 공을 던지다니.

그야말로 괴물이 따로 없었다.

멀찍이서 한정훈의 연습 투구를 지켜보는 3학년 3인방의 감상도 크게 다르지 않았다.

"와우, 저 녀석 공을 보니까 꼭 찬수, 널 보는 거 같다?"

권승현이 혀를 내둘렀다.

놀랍게도 와인드업이 아니라 세트 포지션에서 던지는 패스트볼이 자신의 구속보다 빠르게 느껴졌다.

만약 한정훈이 와인드업 자세에서 던진다면 고교 리그 강속구 TOP 10에 뽑혔던 조찬수와 엇비슷할 것 같았다.

그러자 조찬수가 쓴웃음을 지었다.

"날 보기는. 나보다 훨씬 낫고만."

조찬수는 한정훈이 진즉 자신을 뛰어넘었다고 생각했다.

구속은 자신이 조금 더 빠를 수 있겠지만 한정훈은 제구가 빼어났다.

가끔 컨디션이 좋아 원하는 대로 공이 들어가던 그런 날이 아니라면 2년 후배인 한정훈과 비교되는 게 창피할 정도였다.

"에이, 그 정도는 아니지."

권승현이 지나친 겸손이라며 팔꿈치로 조찬수를 쿡 찔

렀다.

만약 조찬수의 말이 진심이라면…… 조찬수보다 못한 자신의 위치는 더 낮아질 수밖에 없었다.

그러나 조찬수는 말을 번복하지 않았다.

한정훈의 공이 미트에 세차게 꽂힐 때마다 으음 하는 신음으로 대답을 대신할 뿐이었다.

그때였다.

"나 아무래도 1년 꿇어야 할까 봐."

조용히 서 있던 차기혁의 입에서 뚱딴지같은 소리가 흘러나왔다.

"그건 또 뭔 헛소리야?"

권승현이 눈살을 찌푸렸다.

이제 얼마 있으면 신인 드래프트인데 유급하겠다니.

농담이라도 들어줄 수가 없었다.

하지만 차기혁의 표정은 정말로 심란하기만 했다.

"너희야 메이저든 프로든 오라는 곳 많겠지만 난…… 힘들 것 같아. 프로 못 가고 대학 가느니 1년 더 남아서 감독님께 빡세게 지도 좀 받아 보려고."

차기혁은 올 한 해 선발보다 구원으로 더 자주 마운드에 올랐다.

그리고 구원일 때 성적이 선발일 때보다 훨씬 좋았다.

이 상황에서 프로에 상위 지명될 가능성은 낮았다. 잘해야 6-7라운드 정도.

최악의 경우 신고 선수나 대학 진학까지 각오해야 할 상황이었다.

"야, 너도 프로에 갈 거야. 왜 벌써부터 약한 소리를 하고 그래?"

권승현이 차기혁을 달랬다.

차기혁의 실력만큼은 누구보다 자신이 잘 알고 있었다.

그러나 말뿐인 위로로 차기혁의 심란함이 해결될 리 없었다.

"하아……. 너희는 내 마음 모른다."

차기혁의 한숨 소리가 짙어졌다.

"찬수야, 뭐라고 말 좀 해라."

난감해진 권승현이 조찬수를 끌어들였다.

하지만 심란하기로 따지면 조찬수도 만만치 않았다.

"후우……. 너희는 프로에 갈 수라도 있지. 난 재수 없으면 프로도 못 가게 생겼다."

조찬수가 고해성사처럼 중얼거렸다.

그 뜻밖의 고백에 권승현은 물론 차기혁마저 표정이 달라졌다.

"그게 무슨 소리야?"

"너 메이저리그 가기로 한 거 아니었어?"

권승현과 차기혁은 조찬수가 제임스 킴 코퍼레이션과 계약을 한 사실을 알고 있었다.

누구처럼 몰래 엿보거나 한 게 아니라 조찬수가 두 사람에게만은 진실을 이야기해 주었기 때문이다.

그래서 두 사람도 이 사실이 외부로 새나가지 않도록 특별히 신경 쓰고 있었다.

그런데 프로도 못 가게 생겼다니.

그건 스티브 킴과의 계약에 문제가 생겼다는 소리나 마찬가지였다.

하지만 조찬수도 모든 걸 속 시원하게 털어놓을 수가 없었다.

지금은 그저 모든 일이 잘 풀리기만을 바랄 따름이었다.

그러나 안타깝게도 조찬수의 바람은 수포로 돌아가고 말았다.

2

"다음 소식입니다. 지난주에 저희 JBS에서 일부 고등학교 선수들의 해외 구단 접촉에 대한 우려를 전해드렸는데요. 심층 취재 결과 경복고등학교 2학년 안성민 선수가 에이전시인 제임스 킴 코퍼레이션을 통해 메이저리그 다수의 구단과 접촉한 사실이 드러났습니다. 보도에 안영미 기자입니다."

11월.

전국 대회를 마친 고교 야구팀들이 새 판짜기에 들어갈 무렵, 야구계는 또다시 터진 아마추어 선수 계약 위반 문제로 술렁이기 시작했다.

JBS를 비롯한 언론의 도마 위에 오른 안성민은 경복고등학교의 에이스였다.

다부진 체격에 최고 158km/h의 패스트볼이 일품인 투수였다.

실력이 뛰어난 고교야구 선수가 졸업 즈음에 메이저리그의 관심을 받는 건 어제 오늘의 일이 아니었다.

그러나 문제는 안성민이 고등학교 2학년이라는 데 있다.

KBA(대한야구협회)의 규정상 졸업을 앞둔 선수만이 국내외 프로 구단들과 입단 협상을 할 수 있었다.

당연하게도 2학년인 안성민은 그 대상에 포함되지 않았다.

KBA는 전례를 들어 안성민의 무기한 자격 정지를 예고했다.

이 징계가 내려질 경우 안성민은 국내에서 야구를 할 수 없게 된다.

그 사실을 누구보다 잘 알고 있는 안성민 측에서 변호사까지 선임해 가며 억울함을 호소하고 있지만 그의 말에 귀를 기울여 줄 언론은 거의 없다시피 했다.

"저건 좀 너무한 거 아냐? 왜 선수만 가지고 난리야?"

"맞아. 안성민이 뭘 알고 그랬겠어? 에이전시가 문제인 거 잖아."

한정훈의 오피스텔에스 뉴스를 지켜보던 이만호와 김선인이 한 목소리로 불만을 터뜨렸다.

같은 선수 입장에서 안성민에게 동정심이 가는 모양이었다.

그러나 한정훈은 그 분위기에 동조하지 않았다.

머잖아 밝혀지겠지만 이 사단을 자초한 게 다름 아닌 안성민이었기 때문이다.

물론 메이저리그와 선이 닿는 에이전시라는 점을 내세워 유망주들을 싹쓸이해 간 제임스 킴 코퍼레이션에게도 상당 부분 책임은 있었다.

하지만 KBA의 규정을 모를 만큼 제임스 킴 코퍼레이션이 형편없는 회사는 아니었다.

제임스 킴 코퍼레이션은 안성민에게 착실히 메이저리그 진출을 준비하자고 말했다.

그러나 전국 대회에서 세 차례나 최우수 투수상을 거머쥔 안성민의 눈은 이미 바다 건너 메이저리그에 있었다.

적수가 없어 보이는 한국의 고등학교 리그에서 1년을 허비하느니 어떻게든 미국으로 건너가길 바랐다.

그 욕심이 검증되지 않은 제2의 에이전시 계약으로 이어졌고 언론에 터지게 된 것이다.

그런 점에서 제임스 킴 코퍼레이션은 억울할 만했다.

적어도 안성민이라는 상품을 가지고 메이저리그 구단들과 접촉한 건 자신들이 아니라 다른 에이전시였다.

그러나 KBA는 안성민과 함께 제임스 킴 코퍼레이션에 대한 강경 대응도 선언했다.

이유는 간단했다.

유망주 싹쓸이.

한동안 잠잠했던 고교 선수의 메이저 진출 바람을 조장한 괘씸죄가 적용된 것이다.

"진짜 그 에이전시 뭐냐? 변명이든 뭐든 해야 하는 거 아냐?"

"하아, 진짜 안성민이 불쌍하다. 불쌍해. 안 그래?"

주거니 받거니 호들갑을 떨어 대던 이만호와 김선인의 시선이 한정훈에게 향했다.

어쩌면 또 다른 메이저리거가 될지도 모르는 한정훈의 속내는 자신들보다 더 심란할 거라 생각한 모양이었다.

하지만 정작 한정훈은 딴 생각에 빠져 있었다.

'이렇게 되면 드래프트 규정이 바뀌게 될 텐데……. 과거처럼 변하는 걸까? 정말로?'

안성민 사건으로 인해 KBO와 KBA는 유망주 유출을 막기 위한 근본적인 대책 마련에 들어간다.

그리고 그 결과 신인 드래프트에 특별 선발 제도가 추가가 된다.

물론 갑작스럽게 변경된 특별 선발 제도의 혜택을 받은 선수는 한 명도 없었다.

선발 조건 자체가 까다로운 데다가 자칫 잘못했다간 프로 구단에 발목을 잡힐 수 있다는 불안감 때문이었다.

이 제도가 활성화된 건 한정훈이 프로에 들어간 지 10년쯤 지났을 때였다.

그래서 한정훈도 이 특별 선발 제도라는 걸 신경 쓰지 않고 있었다.

그런데…… 불현듯 이 특별 선발 제도라는 게 자신을 위해 만들어진 기회 같다는 생각이 들기 시작했다.

'만약 정말로 드래프트 규정이 바뀐다면? 그래서 내가 특별 선발 제도의 첫 번째 수혜자가 된다면?'

단순히 가정일 뿐이었지만 이 제도를 잘만 활용한다면 남들보다 일찍 프로에 갈 수 있었다.

뿐인가? 해외 진출 자격도 FA 권리 획득도 남들보다 빨리 이룰 수 있었다.

'그렇게만 된다면······!'

상상을 거듭하던 한정훈이 주먹을 꾹 움켜쥐었다.

과거보다 나은 투수가 되겠다는, 다소 막연했던 바람이 확실한 목표로 전환이 된 것이다.

목표를 이루기 위해서는 일단 특별 선발 제도를 거쳐야 했다.

그러기 위해서는 내년도, 고교야구 최대어가 되어야 했다.

"이러고 있을 때가 아냐. 훈련하자."

한정훈이 글러브를 챙겨 들고는 밖으로 뛰쳐나갔다. 그 모습을 멍하니 바라보던 이만호와 김선인이 질렸다는 듯 고개를 흔들어 댔다.

3

겨우내 착실하게 훈련을 한 덕분일까.

펑! 퍼엉!

봄이 되면서 한정훈의 패스트볼 구속이 빨라지기 시작했다.

"감독님! 이것 좀 보십시오."

호들갑스럽게 뛰어 온 최창오 코치가 강혁에게 한정훈의 투구 기록지를 내밀었다.

"흠……."

기록지를 살피는 강혁의 표정은 언제나처럼 큰 변화가 없었다.

그러나 선글라스에 가려진 그의 눈동자는 최창오가 빨간색 동그라미를 친 숫자에서 떨어질 생각을 하지 못했다.

153km/h.

단 한 번뿐이지만 한정훈이 드디어 최고 구속을 갱신한 것이다.

한 달 전에 측정한 한정훈의 최고 구속은 151km/h였다. 그런데 고작 한 달 만에 구속이 2km/h가 늘었다.

더욱 고무적인 건 이게 운 좋게 잘 찍힌 구속이 아니라는 점이다.

오늘 한정훈은 마운드 위에서 30개의 포심 패스트볼을 던졌다. 그리고 그중에서 무려 20구가 150km/h를 넘었다.

최창오가 계산한 평균 구속은 150.5km/h.

이 역시 지난달 측정 결과보다 2.4km/h가 상승했다.

"이러다 정훈이 녀석 100마일까지 던지는 거 아닙니까?"

어깨너머로 기록지를 본 박용혁이 혀를 내둘렀다.

100마일.

161㎞/h의 구속이 뉘 집 개 이름은 아니겠지만 그만큼 한정훈의 성장 속도는 빨랐다.

아직 날이 다 풀리지 않았다는 걸 감안하면 여름 즈음에는 155㎞/h 이상의 구속이 나올 게 확실해 보였다.

"어디 100마일뿐이야? 조만간 메이저리그에 보내야 할 거 같은데?"

최창오가 들뜬 목소리로 맞장구를 쳤다. 한정훈이 좋아진 건 포심 패스트볼만이 아니었다.

세컨드 피치인 체인지업과 써드 피치인 너클 커브의 구질도 날이 갈수록 좋아지고 있었다.

지도자 경력이 길진 않았지만 최창오는 지금껏 한정훈 같은 고교 투수를 본 적이 없었다.

"메이저 보내야죠. 아니, 보내야 합니다. 저렇게 열심히 하고 또 저렇게 잘하는데 못 갈 게 뭐가 있겠습니까?"

박용혁이 한술 더 떴다. 마치 한정훈을 메이저리그에 보내는 게 인생의 목표라도 되는 것처럼 말이다.

두 코치의 의견에 강혁도 일정 부분 공감했다.

공을 던지는 재능만 놓고 보자면 한정훈은 메이저리그에 진출하기에 충분했다.

하지만 그 전에 가다듬어야 할 부분이 많았다.

고교 리그를 씹어 먹고 기세등등하게 미국에 진출했던 선수 대부분이 마이너리그를 전전하다 소리 소문 없이 한국으로 돌아왔다.

그 전철을 밟지 않으려면 한정훈은 지금보다 더 단단해지고 또 단단해져야 했다.

"연습 경기 어떻습니까?"

강혁이 두 코치를 바라봤다. 그러자 최창오와 박용혁이 반색하며 고개를 끄덕였다.

"연습 경기 좋지요. 그렇지 않아도 애들이 청백전 언제 하냐고 난리도 아니었습니다."

"그럼 상대는 동승고등학교입니까?"

동명고등학교의 학기 초 연습 시합 상대는 동승고등학교가 1순위였다. 그러나 강혁은 가볍게 고개를 흔들었다.

"이번 경기에서는 다른 아이들보다 우선 정훈이를 체크해 볼 생각입니다."

강혁이 연습 시합의 목적을 분명하게 했다.

이 시점에서 한정훈의 공이 어디까지 통하는지를 확인해 보고 싶은 것이다.

"그렇다면…… 대학야구단을 말씀하시는 거죠?"

눈치 빠른 박용혁이 눈을 반짝였다.

"제가 한번 알아보겠습니다."

마당발인 최창오가 핸드폰을 쥐고는 어딘가로 부리나케

전화를 걸었다.

하지만 애석하게도 연습 경기에 선뜻 응하겠다는 대학이 없었다.

전지훈련 시즌인 데다가 상대가 고등학교 야구부라고 하니 다들 부담스러운 모양이었다.

그때였다.

"야구부가 왜 이렇게 썰렁해요? 신입생은 아직 안 뽑은 거예요?"

전지훈련을 떠나기 전 서재훈이 인사차 감독실로 들어왔다.

"마침 잘 왔다. 재훈아, 네 인맥 좀 빌리자."

강혁이 서재훈에게 자초지종을 설명했다. 그러자 서재훈이 걱정 말라며 가슴을 두드렸다.

"형, 나만 믿어요."

서재훈은 여러 사람 거치지 않고 곧장 박찬오에게 전화를 걸었다.

얼마 전 청소년 대표팀과 대학야구 대표팀의 감독을 겸임한 박찬오라면 이 문제를 깔끔하게 해결해 주리라 기대하며.

아니나 다를까.

─그래? 그럼 한성대 어때? 전지훈련에서 돌아온 지 좀 됐으니까 가능할 거 같은데.

박찬오가 모교인 한성대와의 시합을 주선해 주겠다며 나

섰다.

그로부터 사흘 후.

번갯불에 콩 구워먹듯 동명고등학교 야구부 연습장에서 동명고등학교와 한성대학교 간의 연습 경기가 열렸다.

"한성대학교 최경만입니다."

"시합에 응해주셔서 정말 감사합니다. 감독님, 동명고 강혁입니다."

양 팀의 감독은 가볍게 인사를 나눈 후 선수 명단을 주고받았다.

"흠……. 선발투수가 1학년이네요."

최경만 감독은 선발투수로 나온 한정훈에 대해 아는 게 없었다.

그래서일까. 2학년도 아닌 1학년을 선발로 내세운 게 살짝 못마땅한 눈치였다.

하지만 불쾌한 것으로 따지만 강혁도 만만치 않았다.

'주전은 한 명도 없고 전부 후보 선수들이네.'

한성대의 선발 명단 역시 1학년들과 2학년들이 주를 이루고 있었다.

작년 주전으로 활동했던 3학년은 단 한 명도 선발 명단에 이름을 올리지 않았다.

"아, 혹시나 해서 드리는 말씀입니다만 저희 애들 실력은 확실합니다."

강혁의 표정을 읽은 최경만 감독이 먼저 선수를 쳤다.

같은 1학년이라 해도 고등학생과 대학생은 달랐다.

동명고등학교에서 졸업 예정인 3학년들을 전부 시합에 투입한다 하더라도 한성대학교 1학년 선수들보다 낫다는 보장은 없었다.

"정훈이 녀석, 저희 학교의 비밀 병기입니다."

강혁이 무덤덤한 목소리로 맞받아쳤다.

비록 1학년이긴 해도 한정훈은 동명고등학교의 에이스다.

조금 있다 한정훈의 공을 보면 깜짝 놀랄 거다. 그러니 주전 선수들을 미리 준비시키는 게 좋을 거다. 차마 내뱉지 않은 속내가 여운처럼 전해졌다.

그러나 최경만 감독은 강혁이 실없는 농담을 하는 거라 여겼다.

'비밀 병기는 개뿔. 누굴 놀리나.'

최경만 감독은 선수들을 불러놓고 한정훈을 3이닝 안에 강판시키라고 지시했다.

주장인 정대만이 동명고등학교 출신 신입생에게 정보를 얻는 게 어떻겠느냐고 제안했지만 최경만 감독은 쓸데없는 소리라며 일축했다.

같은 시각 강혁은 한정훈에게 정반대의 주문을 했다.

"3이닝이다. 그 안에 저기서 히죽거리는 주전 놈들 전부 다 그라운드로 끌어내야 한다. 알았지?"

"넵!"

한정훈은 씩씩하게 마운드 위에 올랐다. 그리고 간보는 것 없이 초구부터 전력을 다하기로 마음먹었다.

"마누라, 사인은 뭐냐?"

손에 붙은 로진 가루를 불어내며 한정훈이 이만호를 바라봤다.

슬쩍 타자를 힐끔거리던 이만호가 이내 바깥 쪽 빠지는 공을 주문했다.

상대가 대학교 선수들이다 보니 일단 조심스럽게 승부하자는 소리였다.

그러나 한정훈은 단호하게 고개를 흔들어 댔다.

2번째 사인도, 3번째 사인, 4번째 사인도 거부했다.

그러자 짜증이 난 이만호가 미트를 한가운데로 들어 올렸다.

'그럴 거면 네 맘대로 던져라.'

"오케이."

한정훈이 비로소 고개를 끄덕였다. 그러고는 포심 패스트볼 그립을 쥐고 있는 힘껏 공을 던졌다.

펑!

눈 깜짝할 사이에 날아든 공이 이만호의 미트 속으로 빨려 들어갔다.

한성대학교 1번 타자가 휘둥그레진 눈으로 공을 좇았을 때는 이미 심판의 주먹이 움켜쥔 뒤였다.

"스트~ 라이크!"

심판의 스트라이크 콜이 요란스럽게 울렸다.

그렇게 한정훈의 쇼 타임이 시작됐다.

11장
에이스의 자격

1

결과적으로 최경만 감독과 강혁의 자존심 대결은 강혁의 판정승으로 끝이 났다.

최고 구속 152㎞/h의 포심 패스트볼을 앞세운 한정훈은 3이닝 연속 삼자범퇴를 이끌어 내며 한성대학교의 더그아웃을 침묵에 빠뜨렸다.

아홉 개의 아웃 카운트 중에 탈삼진은 무려 5개. 투구 수는 고작 32구에 불과했다.

"허! 기가 막히네, 기가 막혀."

처음에는 선수들을 닦달하던 최경만 감독의 표정도 어느

새 감탄으로 바뀌어 버렸다.

고등학교 1학년이라고 해서 코웃음을 쳤는데 무뚝뚝한 강혁의 입에서 괜히 비밀 병기란 소리가 나온 게 아닌 모양이었다.

자연스럽게 최경만 감독의 머릿속으로 한 명의 투수가 떠올랐다.

경복고등학교 안성민.

얼마 전 KBA 규정 위반으로 무기한 자격 정지 처분을 받긴 했지만 안성민은 확실히 탈고교급 투수였다.

155㎞/h를 넘나드는 포심 패스트볼로 타자를 윽박지르며 각 있는 커브로 타이밍을 빼앗는 투구는 당장 프로에 진출한다 해도 손색이 없을 정도였다.

언론에서도 10년 만에 나온 대형 투수라며 찬사를 늘어놓았다.

안성민의 투구를 직접 지켜봤던 최경만 감독도 어느 정도 언론의 평가에 공감하고 있었다.

그런데…… 눈앞에 안성민 같은 녀석이 또 있었다.

녀석은 150㎞/h가 넘는 포심 패스트볼과 뚝 떨어지는 체인지업으로도 모자라 손재주가 있어야 가능하다는 너클 커브까지 구사했다.

게다가 제구력도 빼어나서 모든 투구가 스트라이크 존 주변을 맴돌고 있었다.

이 정도면 확실히 안성민과 동급, 아니, 그 윗줄로 봐야 할 것 같았다.

횡으로 휘어지는 구종이 없는 게 아쉽긴 하지만 이제 1학년이고 새 구종을 익힐 시간은 충분하니 단점이라고 꼽기도 어려워 보였다.

"방심하다 한 방 먹었군."

최경만 감독은 초반 기 싸움에서 밀린 걸 순순히 받아들였다.

하지만 그렇다고 해서 이 경기까지 내줄 마음은 없었다.

"다음 이닝부터는 주전 선수들이 나간다."

3이닝이 끝나자 최경만 감독은 주전 선수들을 전부 투입했다.

졸업 예정인 4학년들이 빠져 있는 지금 한성대학교가 선보일 수 있는 최선의 라인업이었다.

대학 리그 4강으로 꼽히는 한성대학교의 방망이는 과연 매서웠다.

3이닝 연속으로 고등학생에게 물먹은 게 자존심이 상했던지 타자들은 매 타석마다 쉽게 물러나는 법이 없었다.

덕분에 한정훈을 7회까지 끌고 가려던 강혁 감독의 계획
에도 차질이 생겼다.

"고생했다. 이제 쉬어라."

6회를 마치고 더그아웃으로 돌아온 한정훈에게 강혁이 무
표정한 얼굴로 말했다.

"네, 알겠습니다."

한정훈은 군말 없이 투수 교체를 받아들였다.

연습 게임이고 경기도 생각처럼 풀리지 않았다.

이런 날 오버 페이스 해봐야 좋을 게 없다는 건 경험으로
알고 있었다.

"정훈아. 여기, 기록지다."

아이싱을 하는 한정훈에게 최창오가 투구 기록지를 건넸다.

"흠……."

빠르게 자신의 기록을 훑은 한정훈의 입에서 무거운 신음
이 흘러나왔다.

6이닝 동안 총 투구 수는 89구. 24명의 타자를 상대로 탈
삼진 8개를 빼앗았다.

피안타는 단 2개. 사사구는 하나밖에 내주지 않았다.

대학야구팀을 상대로 이 정도면 상당히 호투한 셈이었다.

그러나 경기 결과는 투구 내용과 상당히 어긋나 있었다.

4실점.

긴장한 야수들이 실책을 연발하면서 6이닝 동안 4점을 내주고 말았다.

만약 한정훈이 평범한 고교야구 투수였다면 분함을 참지 못했을 것이다.

자신은 잘 던졌는데 야수들이 전혀 도와주지 않았다고 원망했을 것이다.

물론 한정훈도 자신의 등 뒤를 받치는 야수들의 수비 능력이 한심스럽기만 했다.

그러나 그것을 내색하면 안 된다는 것쯤은 잘 알고 있었다.

야구는 투수 혼자 하는 경기가 아니다. 그리고 실책을 하고 싶어서 하는 야구 선수는 없었다.

'확실히 상대가 경험도 많고 노림수도 좋았어. 그라운드가 딱딱하니까 실책이 나올 만도 해.'

한정훈은 상황을 냉정하게 봤다.

대학야구 선수의 타격 능력은 확실히 고교야구 선수보다 뛰어났다.

평범한 땅볼을 때려도 타구의 질부터 달랐다.

그런 타구를 받아 본 적이 없다 보니 허둥대다가 공을 더듬거나 알을 까는 것도 무리는 아니었다.

3학년이 빠지고 새로 팀을 꾸려나가는 상황에서 충분히 예상 가능한 일이었다.

그보다는 4회 첫 타자를 상대로 안타를 허용하면서 변수를 만든 것 자체가 문제였다.

'그때 만호 말대로 어렵게 승부를 가져갔어야 했는데…….'

경기를 복기하던 한정훈이 미간을 찌푸렸다.

3이닝 연속 삼자 범퇴에 취한 탓일까.

바뀐 타자를 상대로 너무 정직하게 승부를 걸어버렸다.

결과는 유격수 키를 살짝 넘기는 안타.

3이닝 퍼펙트가 깨졌지만 한정훈은 침착하게 1루 주자를 견제하며 더블플레이를 노렸다.

그런데 애써 유도한 땅볼 타구가 주자의 움직임과 겹치며 2루수 김선인의 가랑이 사이로 빠지고 말았다.

'여기서 차라리 삼진을 잡았다면 어땠을까.'

한정훈은 입안이 썼다.

무사 주자 1, 2루라는 위기 상황만 신경 쓰느라 잔뜩 긴장한 야수들을 보지 못했다.

몸 쪽 승부로 또다시 땅볼을 유도하긴 했지만 당황한 3루수 장성민이 펌블을 하며 주자는 올 세이프. 무사 만루로 이어졌다.

절호의 득점 기회에서 타석에 들어 선 4번 타자는 한정훈의 초구를 노려 3유간 깊숙한 땅볼을 때렸다.

수비 좋은 유격수 강한우가 힘겹게 타구를 걷어 올렸지만 선행 주자를 잡기엔 무리였다.

결국 아웃 카운트와 실점을 맞바꾸며 1 대 0.

뒤이어 등장한 5번 타자가 외야 깊숙이 희생 플라이를 날리며 점수는 순식간에 2 대 0으로 벌어졌다.

2사 2루. 위기가 이어졌지만 한정훈은 6번 타자를 삼진으로 돌려세우며 이닝을 끝마쳤다.

그리고 그 기세를 몰아 5회 7, 8, 9번 하위 타선을 삼진 하나를 곁들인 삼자 범퇴로 막아냈다.

그런데 6회에서 또다시 사단이 났다.

첫 안타를 빼앗은 1번 타자를 상대로 너무 어렵게 승부하다 사사구가 나온 것이다.

다행히 2번 타자를 3구 삼진으로 처리하며 한숨 돌렸지만 3번 타자의 라이너성 타구를 중견수 황보연이 놓치며 2루타를 만들어버렸다.

그사이 주자가 여유롭게 홈을 밟으며 점수는 3 대 0으로 벌어졌고 긴장한 3루수 장성민이 다시 실책을 저지르면서 추가점까지 헌납하고 말았다.

그렇게 점수는 넉 점 차로 벌어졌다.

"정훈아, 너무 신경 쓰지 마라. 자책점은 한 점뿐이잖아."

한정훈의 눈치를 살피던 박용혁이 슬그머니 다가와 위로했다.

오늘 한정훈의 피칭은 누가 보더라도 훌륭했다.

실점은 4점이지만 실책으로 인한 게 대부분이고 자책점은 한 점뿐이었다.

그 한 점도 황보연의 실책성 플레이가 원인이었으니 무실점 경기를 했다고 쳐도 무리는 아니었다.

그러나 한정훈은 신경을 쓰지 않을 수가 없었다.

팀이 이기든 지든 개인 성적에 일희일비하는 건 야구 선수가 아니다.

"투수는 일단 야수들을 믿어야 해. 하지만 야수들만 믿지 마."

한정훈의 머릿속으로 서재훈의 조언이 스쳐 지나갔다.

서재훈은 구속이 떨어지고 구위가 약해진 시점부터 철저하게 맞춰 잡는 피칭으로 타자들을 상대하고 있었다.

하지만 그렇다고 해서 무조건 야수들을 믿는 건 아니라고 했다.

서재훈은 투수라면 어떤 상황에서건 자신이 할 수 있는 최선을 다해야 한다고 말했다.

자신이 할 수 있는 최선을 다하지 않고 모든 결과를 야수에게 맡기는 건 진짜 투수가 아니라고 단언했다.

'그래. 내가 최선을 다하지 못한 거야.'

한정훈은 담담하게 경기 결과를 받아들였다.

6이닝, 1자책점, 평균 자책점 1.50

이런 개인 평가는 지금 시점에서 아무런 의미가 없었다.

팀은 4 대 0으로 지고 있다. 그 4점을 내준 건 마운드에 올랐던 자신이었다.

수건으로 땀을 닦은 뒤 한정훈은 더그아웃을 둘러보았다.

말은 하지 않았지만 다들 미안한 얼굴이었다.

특히나 결정적인 실수를 한 황보연과 연이어 실책을 저지른 장성민은 제대로 고개조차 들지 못하고 있었다.

황보연은 강혁이 점찍은 가장 유력한 1번 타자 후보였다.

지금껏 공형빈의 그늘에 가려져 있었지만 그렇다고 해서 실력 자체가 떨어지는 선수는 결코 아니었다.

장성민도 마찬가지다.

중량감이 떨어진 클린업 타순에서 특유의 장타력을 살려 올해와 내년, 동명고등학교의 득점을 책임져 줘야만 하는 선수였다.

리드오프와 중심 타자.

이 둘이 팀에서 차지하는 비중은 절대적이다.

현재로서 황보연이 출루하고 장성민이 불러들이는 득점 공식 이외에 다른 루트는 찾기 어려웠다.

그렇다면 팀을 위해서라도 황보연과 장성민을 독려해 줄

필요가 있었다.

본래라면 주장인 최민혁의 역할이겠지만 애석하게도 3학년들은 전부 빠진 상태였다.

그렇다고 무뚝뚝하기로 유명한 강혁에게 그 역할을 바라는 건 무리였다.

'어쩔 수 없지.'

한정훈은 자리에서 일어나 황보연의 옆으로 다가갔다.

그러자 움찔 놀란 황보연이 슬쩍 엉덩이를 옆으로 뺐다.

그런 황보연의 등을 때리며 한정훈이 피식 웃어 보였다.

"황보 선배, 괜찮아요. 아까 그건 이영규 선수라고 해도 못 잡았을 거예요."

이영규는 황보연이 가장 좋아하는 선수였다.

국가 대표 외야수인 이영규가 못 잡는 타구라면 황보연이 놓치는 것도 이상할 게 없었다.

물론 조금 전 타구는 황보연의 명백한 타구 판단 미스였다.

상대가 힘이 좋은 대학야구 선수라는 걸 감안했다면 좀 더 유연하게 타구를 예측할 필요가 있었다.

그렇다고 그 타구 하나를 두고 계속 자책하고 있어서는 곤란했다.

앞으로 경기를 하다 보면 황보연에게 수백여 개의 타구가 날아갈 것이다.

필연적으로 실책이 나올 텐데 그때마다 축 쳐져 있어 봐야 팀에는 아무런 도움이 되지 않았다.

"그래도 그건 내가 잡았어야 했는데……. 미안하다."

사과하는 황보연의 얼굴이 한결 가벼워졌다.

조금 전 실책이 머릿속을 떠나지 않고 있었는데 한정훈이 먼저 다가와 괜찮다고 말해주니 꼭 면죄부를 받은 기분이 든 것이다.

"미안하면 1루 한 번 밟아줘요, 선배."

한정훈이 황보연에게 출루를 주문했다.

대학야구 4강팀을 상대로 재정비 중인 고교야구팀이 승리를 거둔다는 건 어려운 일이겠지만 적어도 일방적으로 당하고만 있을 수는 없었다.

"걱정 마라. 다음에는 꼭 나갈 테니까."

황보연도 투지를 불태웠다.

한성대학교가 한정훈을 두들기는 동안 동명고등학교 타자들은 단 한 명도 1루를 밟지 못했다.

이대로 경기가 이어진다면 영봉패는 물론 팀 노히트 노런의 수모까지 떠안게 될지 몰랐다.

"선배만 믿을게요."

다시 한 번 황보연의 등을 두드린 뒤 한정훈은 장성민 쪽으로 고개를 돌렸다.

황보연과 주고받은 대화를 들은 것일까.

저만치서 장성민이 이쪽을 바라보고 있었다.

다가가서 다독일까 했지만 한정훈은 피식 웃으며 엄지손가락을 들어 올리는 것으로 대신했다.

'잘하고 있다. 그러니까 기죽지 마라.'

한정훈의 속마음을 읽은 장성민도 애써 웃어 보였다.

그러고는 두 번 다시 실책을 저지르지 않겠다며 자신의 글러브를 주먹으로 팡팡 두드렸다.

구석에서 그 모습을 지켜보던 강혁의 입가가 살짝 꿈틀거렸다.

경기 중이라 감정 표현을 최대한 자제하고 있지만 내심 한정훈이 대견스럽기만 했다.

4실점의 충격이 클 텐데도 선수들을 챙기는 걸 보면 진정한 에이스가 될 자질이 충분해 보였다.

그저 공만 잘 던진다고 해서 팀의 에이스가 될 수 있는 건 아니었다.

한 팀의 에이스라면 경기에 이기든 지든 흔들리지 않고 팀의 중심을 잡아주어야 했다.

호투 여부와는 상관없이 경기의 모든 걸 오롯이 감당하고 에이스로서의 무게를 담담히 이겨낼 줄 알아야 한다.

그런 점에서 지금 한정훈이 보여 준 배려심은 장차 팀에 긍정적인 요소로 작용할 게 틀림없었다.

'무서운 녀석.'

강혁이 속으로 혀를 내둘렀다.

올 한 해, 한정훈을 진짜 에이스로 담금질할 계획이었는데 굳이 그럴 필요가 없을 것 같았다.

그건 두 코치의 생각도 다르지 않았다.

"2학년 투수를 주장으로 쓰긴…… 좀 그렇죠?"

순식간에 달라진 더그아웃의 분위기를 즐기며 박용혁이 최창오를 바라봤다.

"안 될 건 없지만…… 에이스는 에이스가 할 일이 따로 있으니까."

최창오가 흡족한 얼굴로 말했다.

한정훈이 지금처럼만 해준다면 굳이 주장이 없더라도 상관없을 것 같았다.

2

"이거 애들이 눈치가 좀 없어서……. 여하튼 미안합니다."

대학야구 4강팀이 고교야구팀을 상대로 너무 큰 점수 차이로 이긴 게 머쓱했던지 최경만 감독이 뒷머리를 긁적거렸다.

최종 결과는 17 대 0.

한정훈에 이어 마운드에 오른 공명찬과 홍영철의 공으로는 한성대학의 공격력을 막아내기가 어려웠다.

그나마 10 대 0 이후로 최경만 감독이 작전을 일절 내지 않았으니 망정이지 독하게 덤볐다면 실점은 20점을 훌쩍 넘겼을지 몰랐다.

하지만 정작 강혁은 덤덤한 반응이었다.

"아닙니다. 연습 경기도 경기인데요."

대패하긴 했지만 오늘 경기에서도 얻을 건 많았다.

그리고 단순히 승리를 원했다면 애당초 대학야구팀과 경기를 주선하지도 않았을 것이다.

"그건 그렇고 10번 말입니다. 대단하네요. 저런 선수가 어째서 지금껏 눈에 띄지 않았는지 모르겠습니다."

괜히 미안해진 최경만 감독이 화제를 한정훈 쪽으로 돌렸다.

오늘 경기의 최대 수확이라면 역시나 한정훈이었다.

고등학교 1학년, 아니, 이제 2학년에 올라가는 어린 투수가 한성대학교 주전 선수들을 상대로 이 정도 호투를 펼쳤다는 것 자체가 대단한 일이었다.

만약 야수들의 수비 지원을 받았다면 어땠을까?

그래서 한정훈이 9회까지 등판했다면 어땠을까?

이기긴 하겠지만 대량 득점은 어려웠을 것 같았다. 그만큼 한정훈의 공은 좋았다.

그러나 강혁은 이번에도 이렇다 할 반응을 보이지 않았다.

한정훈을 높게 평가해 주는 건 고마운 일이지만 그는 더 이상 한정훈 개인의 코치가 아니었다.

지금은 동명고등학교의 감독으로서 팀의 패배를 통감해야 하는 입장이었다.

"정훈이는 작년에 어깨 부상이 좀 있었습니다. 그래서 굳이 경기에 나오지 않았고요."

"아, 그렇습니까? 그럼 지금은 어깨가 다 나은 겁니까?"

"네, 부상 방지 차원에서 투구 폼도 변경을 했습니다."

"허, 투구 폼을 변경했는데도 저 정도라니! 과연 대단하십니다."

최경만 감독의 관심이 한정훈을 지나 강혁에게 향했다.

강혁의 투수 육성 능력이 대단하다는 소문을 듣긴 했지만 저런 괴물을 키워낼 줄은 미처 몰랐다는 반응이었다.

최경만 감독은 내심 신입 투수들의 지도를 강혁에게 맡기고 싶은 심정이었다.

하지만 동명고등학교에 이제 막 부임한 강혁에게 그런 여유가 있을 리 없었다.

"어쨌든 오늘 정말 감사했습니다. 괜찮으시면 함께 식사라도 하시죠."

강혁이 관례대로 식사를 청했다.

한 수, 아니, 서너 수 아래인 동명고등학교와의 시합을 위해 직접 방문해 준 한성대학교 야구부다.

초청팀의 입장에서 식사를 대접하는 건 당연한 답례였다.

그러나 최경만 감독은 극구 사양했다.

식사를 대접받기에는…… 너무 과하게 이겨 버렸다.

점수가 10점 차 이상 벌어진 순간부터 식사는 날아간 것이나 다를 바 없었다.

"식사 대신이라고 하면 뭐하지만…… 내년에 다시 한 번 연습 경기를 가졌으면 좋겠습니다."

최경만 감독이 강혁에게 넌지시 재경기를 제안했다.

한정훈의 성장을 제 눈으로 직접 확인해 보고 싶은 욕심이 든 것이다.

"그렇다면, 알겠습니다. 그렇게 하겠습니다."

강혁도 굳이 마다하지 않았다. 1년 후라면, 오늘처럼 호락호락하게 당하지는 않을 것이다.

3

경기가 끝나고 강혁은 야구부 회의실에 선수들을 불러 모았다.

그리고 오늘 경기에 대한 냉정한 평가의 시간을 가졌다.

"상대는 대학교 야구부다. 그러니 굳이 승패를 따지진 않겠다. 다만 오늘 너희가 했던 플레이가 만족스러웠는지 묻고 싶다. 정말 그게 최선을 다한 플레이인지, 눈곱만큼의 아쉬움도 없는 플레이인지 말이다."

강혁은 공개적으로 선수들의 문제점을 질타하지 않았다.

대신 스스로의 플레이를 반성할 수 있는 기회를 주었다.

야수들은 하나같이 고개를 들지 못했다.

9이닝 동안 3명의 한성대학교 투수를 상대로 뽑아낸 안타는 고작 2개에 불과했다.

반면 야구의 기본이라는 수비는 엉망이었다.

공식적인 실책만 7개. 실책성 플레이는 그 두 배가 나왔다.

야수들 중 실책을 하지 않은 선수가 없을 정도였다.

투수들의 사정도 별반 다르지 않았다.

믿었던 한정훈은 6이닝 4실점, 공명찬이 1 2/3이닝 6실점, 노영민이 1/3이닝 2실점, 홍영철이 1이닝 5실점을 기록했다.

17 대 0으로 깨끗하게 져버렸으니 그나마 잘한 선수를 꼽는 것도 의미가 없었다.

결과만 놓고 보자면 선수들 전원이 반성하고 또 반성해야만 하는 경기나 다름없었다.

하지만 강혁은 이 한 경기만으로 선수들을 섣불리 평가하고 단정 짓고 싶지 않았다.

"자, 개인적인 반성은 이쯤 하고 이제부터 오늘 경기에서 각자 느꼈던 바를 이야기해 보도록 하자."

무거워진 분위기를 환기시키듯 강혁이 가볍게 손뼉을 쳤다.

대패하긴 했지만 상대는 대학야구 4강팀이다.

경기 결과를 떠나 이처럼 좋은 팀과 싸웠다면 무엇이든 얻어가는 게 있어야 했다.

강혁이 기대 어린 눈으로 선수들을 바라봤다.

그러나 누구 하나 쉽게 입을 여는 선수가 없었다.

오히려 강혁과 눈이 마주칠까 봐 지레 겁을 먹고는 고개를 돌려 버렸다.

"한정훈, 너부터 말해봐라."

망설이던 강혁은 결국 한정훈을 지목했다.

한정훈만이 유일하게 자신의 시선을 피하지 않았기 때문이다.

한정훈은 천천히 자리에서 일어났다.

과거 수차례 경험한 덕분에 서로의 생각과 느낌을 공유하는 이 시간이 특별히 낯설지 않았다.

그리고 특별히 부담스럽지도 않았다.

강혁이 원하는 건 거창한 감상 같은 게 아니니 말이다.

"대학야구 선수들은 확실히 고교야구 선수들보다 강하다는 걸 느꼈습니다."

한정훈이 담담한 목소리로 말했다.

순간 옆에 앉아 있던 김선인의 입에서 풋 하고 웃음이 터져 나왔다.

한정훈이 설마 이토록 뻔한 소리를 해댈 줄은 몰랐던 것이다.

그건 다른 선수들도 마찬가지였다.

다들 어이없다는 얼굴로 한정훈을 바라봤다.

말을 하진 않았지만 설마 감독님이 그런 걸 물어봤겠냐?라는 반응이었다.

그러나 정작 강혁은 수긍하듯 고개를 끄덕거렸다.

"좋은 이야기다. 상대는 분명 우리보다 강했다. 아니, 우리가 지금껏 싸워 왔던 상대들보다 훨씬 강했다. 하지만 강한 적을 상대로 우린 최선을 다하지 못했다. 그 결과가 17 대 0으로 이어진 것이다."

한정훈이 시범을 보이자 선수들도 부담에서 벗어나 하나둘씩 입을 열었다.

"기본기의 중요성을 깨닫게 됐습니다."

"평소 글러브 손질을 잘해야겠다고 생각했습니다."

"위기 상황일수록 야수들이 더 집중해서 수비해야 한다는 생각이 들었습니다."

대부분 뻔한 이야기였다. 하지만 뻔했기 때문에 간과했던 것들이기도 했다.

"그래, 다들 좋은 이야기다. 오늘 경기를 통해서 우리는 우리의 부족함을 알게 됐다. 그것만으로도 오늘의 패배는 충분히 가치 있다고 생각한다. 하지만 그 부족함을 머리로만 생각하고 넘겨 버린다면 다음 경기도 그다음 경기도 성장과 발전이 없을 거다."

강혁은 선수들이 각자 느낀 부족함을 스스로 채워 나가길 바랐다.

정해진 훈련에 만족해서는 결코 좋은 선수가 되기 어렵다는 사실을 선수들이 깨닫길 바랐다.

그렇다고 당장 모든 선수가 남아서 자율 훈련을 할 것이라는 기대는 하지 않았다.

오늘 한 명, 내일 또 한 명.

절박함이라는 이름으로 모여든 선수들이 하나둘씩 늘어가다 보면 그 분위기가 팀 전체에 퍼질 것이라고 생각했다.

하지만 그건 한정훈이라는 변수가 없을 때의 이야기다.

"만호야, 공 좀 받아주라."

평가의 시간이 끝나기가 무섭게 한정훈은 보란 듯이 이만호와 함께 운동장으로 달려갔다.

그러자 공명찬과 홍영철도 글러브를 챙겨 들었다.

에이스이자 라이벌인 한정훈이 남아서 훈련을 하는데 자신들이 집에 갈 수는 없는 노릇이었다.

오늘 고생한 투수들이 모범을 보이자 야수들도 하나둘씩 스파이크 끈을 동여맸다.

자신들이 저지른 실책을 절반 이하로 줄였더라도 17 대 0 이라는 치욕적인 점수는 나오지 않았을 것이다.

어쩌면 자율 훈련이 정말로 필요한 건 투수들이 아니라 자신들일지도 몰랐다.

"하아……. 이것 참."

"이거 보아하니 오늘도 집에 일찍 들어가긴 글렀네."

최창오와 박용혁의 입에서도 싫지 않은 투정이 흘러나왔다.

제대로 된 코치라면 자발적으로 남아 훈련하는 선수들을 결코 외면할 수가 없었다.

게다가 감독인 강혁은 어느새 투수 조의 옆에 붙어 서서 잔소리를 늘어놓고 있었다.

"최 코치님, 더 늦으면 눈치 보일 거 같은데요."

"하하, 가세. 가."

최창오와 박용혁은 스파이크로 갈아 신고 서둘러 운동장으로 뛰어갔다.

그리고 선수들과 어우러져 밤늦게까지 연습을 계속했다.

동명고등학교 야구부가 뜨거워지기 시작했다.

4

당초 강혁의 계획은 한성대학교의 연습 시합을 통해 한정훈의 한계를 시험하는 것이었다.

하지만 1년을 통째로 쉬어버린 한정훈의 데이터가 필요했던 박찬오는 세 경기를 추가로 주선했다.

그것도 한정훈이 선발 등판할 수 있도록 적당한 간격을 두어서 말이다.

덕분에 한정훈은 대학야구의 강팀들을 상대로 자신의 공을 점검할 수 있었다.

두 번째로 맞붙은 팀은 동곡대학교.

대학 춘계 리그와 추계 리그에서 4강에 오른 전통의 강호였다.

한성대학교로부터 한정훈에 대한 소문을 전해 듣기라도 한 듯 동곡대학교는 경기 시작부터 주전 멤버를 총동원해 맹공을 퍼부었다.

추운 날씨에 몸이 덜 풀린 한정훈을 상대로 1회에만 3안타를 집중시키며 2점을 먼저 뽑아냈다.

그러나 한정훈도 당하고만 있지는 않았다.

한성대학교 타자들이 포심 패스트볼만 노린다는 사실을 간파하고 2회부터 과감하게 결정구를 바꿨다.

포심 패스트볼을 보여주는 대신 체인지업과 너클 커브로 승부수를 띄운 것이다.

한정훈이 빼어난 제구력을 통해 완급 조절을 해나가면서 자연스럽게 동곡대학교의 불방망이도 잠잠해졌다.

매 이닝 주자를 내보내긴 했지만 그뿐.

단 한 명도 홈으로 불러들이지는 못했다.

하지만 투구 수 문제로 한정훈이 7회를 채우지 못하고 마운드에서 내려가자 상황이 달라졌다.

루상에 남아 있던 주자가 실책을 틈 타 홈에 들어와 0의 행진이 깨졌고, 대량 득점의 시발점으로 이어지고 말았다.

최종 스코어는 8 대 0 완봉패.

다행히도 한성대학전보다 실점은 절반이나 줄어들었다.

그러나 경기 내용은 여전히 좋지 않았다.

한정훈이 마운드에서 내려가기만 하면 수비가 무너지며 자멸하는 패턴을 되풀이하고 말았다.

공식적인 실책은 5개.

비공식적인 실책까지 더한 수는 11개.

여전히 형편없는 경기력이었지만 강혁은 질책 대신 칭찬으로 선수들을 다독였다.

한성대학교를 상대했을 때보다 실책도 실점도 줄었으니 소기의 성과는 거두었다며 말이다.

"너희에게 당장 대학야구 선수들을 따라잡으라는 무리한 요구는 하지 않겠다. 대신 오늘보다 내일, 내일보다 모레. 조금이라도 좋으니 더 나은 선수가 되도록 노력하자. 그 정도는 다들 할 수 있겠지?"

허세명 감독과는 확연히 다른 강혁의 지도 방식에 선수들도 기죽지 않고 자율적으로 훈련에 매진했다.

지난 경기에서도 보여주었던 자신의 부족한 점을 보완하기 위해 구슬땀을 흘렸다.

노력은 결코 배신하지 않는다고 했던가.

단단히 칼을 간 동명고등학교 타자들은 성윤대학교와의 세 번째 연습 경기에서 처음으로 득점에 성공했다.

안타 없이 사사구와 도루, 번트, 스퀴즈로 이어지는 작전으로 한 점을 쥐어짜낸 것이다.

여세를 몰아 동명고등학교는 홍인대학교를 상대로 2점을 뽑아냈다.

그중 한 점은 팀의 새로운 4번 타자로 자리 잡은 장성민의 솔로 홈런이었다.

3학년의 졸업 이후 중량감이 떨어졌던 중심 타선이 드디어 불꽃을 뿜은 것이다.

한정훈도 매 경기마다 더 나은 모습을 보여주었다.

대 동곡대학전 6.2이닝 7피안타 2사사구 3실점 2자책 7탈삼진.
대 성윤대학전 7.1이닝 6피안타 1사사구 2실점 1자책 8탈삼진.
대 홍인대학전 8이닝 4피안타 1사사구 1실점 1자책 10탈삼진.

투구 이닝은 늘리고 피안타와 실점을 줄였다.

마지막 홍인대학전에서는 목표였던 8이닝 투구에도 성공했다.

한정훈이 마운드에서 오래 버텨 주면서 자연스럽게 스코어도 좋아졌다.

대 성윤대학교 전 6 대 1 패배.

대 홍인대학교 전 4 대 2 패배.

대학야구팀을 상대로 4연패를 당했지만 강혁 감독은 충분히 만족스러웠다.

경기를 거듭할수록 결과는 물론 팀의 짜임새와 선수들의 기량이 좋아지고 있었다.

이대로 선수들을 다독여 나간다면 전국 대회에서도 충분히 좋은 성적을 낼 수 있을 것 같았다.

'이제 남은 건 투수뿐이다.'

대학야구팀을 상대로 전력 점검을 끝마친 강혁은 팀의 마지막 퍼즐을 맞추는 데 최선을 다했다.

바로 투수력.

기대 이상의 피칭을 보여 준 한정훈과는 달리 공명찬과 홍영철은 마운드 위에서 여전히 불안했다.

3경기에 나란히 등판해 무려 12점을 내줬다.

투구 이닝이 5이닝뿐이었다는 걸 감안하면 패전처리 투수와 다를 게 없었다.

하지만 그렇다고 해서 공명찬과 홍영철의 성장이 없었던 건 아니었다.

위기 상황만 되면 구위가 뚝 떨어지던 공명찬은 새가슴이라는 오명을 벗기 위해 발버둥을 쳤다.

제구력 문제로 사사구를 남발하던 홍영철도 어떻게든 타자와 승부하려 들었다.

비록 상대가 워낙 강한 탓에 확실한 결과로 이어지진 않았지만 강혁은 공명찬과 홍영철의 변화를 긍정적으로 바라봤다.

한정훈이라는 쟁쟁한 경쟁자를 어떻게든 쫓아가겠다는 욕심이 절박함으로 이어졌기 때문이다.

"봉황기 전까지는 너희를 선발로 내세울 생각이다."

강혁은 공명찬과 홍영철을 따로 불러 선발 보장을 약속했다.

투수를 성장시키는 데 경험보다 좋은 건 없었다.

한정훈도 강혁의 결정을 묵묵히 받아들였다.

2, 3일 간격으로 열리는 전국 대회에서 선전하기 위해서는 공명찬과 홍영철이 확실히 선발의 한 축을 맡아주어야만 했다.

폐지된 주말 리그를 대체해 3월, 서울시 봄철 야구 대회가 열렸다.

서울 지역 고교야구팀 20개 팀과 각 지역별 초청팀 4팀을 더해 총 24개의 팀이 참여하는 토너먼트 대회였다.

조 추첨의 행운이 따르지 않은 동명고등학교는 1라운드부터 경기를 치렀다.

그리고 3라운드, 4강전을 앞두고 탈락의 고배를 마시고 말았다.

1라운드에서 호투한 공명찬을 선발로 내세웠지만 서울의 강호 휘명고등학교의 벽을 넘지 못한 것이다.

비록 패배했지만 일방적으로 끌려간 경기는 결코 아니었다.

4회 갑자기 흔들리기 시작한 공명찬을 대신해 한정훈을 투입했다면 역전도 바라볼 수 있는 경기였다.

하지만 강혁은 약속한 6회까지 공명찬에게 마운드를 맡겼다.

4회에 3실점하며 승부의 추가 휘명고등학교 쪽으로 기울었을 때에도 한정훈 쪽으로는 눈길조차 주지 않았다.

최종 스코어는 6 대 3 패배.

6이닝 동안 5실점 한 공명찬이 패전 투수가 됐다.

공명찬은 분하고 억울한 마음에 눈물을 흘렸다.

그 모습을 바라봐야만 하는 한정훈의 마음도 괜히 시큰거렸다.

팀의 에이스로서 패배를 지켜봐야만 한다는 사실이 속상하기만 했다.

그러나 강혁은 서울 경기 춘계 야구 대회에서도 공명찬과 홍영철을 선발로 기용했다.

한정훈은 넉넉하게 이기고 있는 경기에서 짧게 투입했다.

첫 번째 전국 대회인 봉황기 전까지 한정훈의 실력이 노출되는 걸 최대한 막으며 한정훈의 선발 갈증을 극대화시키겠다는 포석이 깔린 투수 운용이었다.

강혁의 조련과 기대 속에 성장한 공명찬과 홍영철은 예선과 결승 라운드를 포함 총 5경기를 소화해 냈다.

이번에도 4강전을 앞두고 탈락하긴 했지만 결과는 나쁘지 않았다.

공명찬 3경기 2승 1패 18이닝 6실점 평균자책점 3.00.

홍영철 2경기 1승 11이닝 5실점 평균자책점 4.09.

출루 허용이 잦고 위기 때마다 실점이 많다는 문제점은 여전했다.

그래도 선발투수로 써먹을 수 있을 수준으로까지 성장했다는 내부 평가가 이어졌다.

한정훈을 내세우지 못하는 경기에서 어떻게든 버틸 최소한의 방책이 마련된 셈이었다.

"조금만, 조금만 더 노력하자."

강혁은 주변 학교들과 친선 시합에서도 공명찬과 홍영철을 선발로 투입했다.

심지어 봉황기 1라운드의 선발로 공명찬을 염두에 두고 있다는 농담까지 던지며 한정훈을 바짝 긴장시켰다.

다행히도 봉황기 조 추첨 결과 동명고등학교는 2라운드 첫날 경기가 잡혔다.

그리고 일정상 3라운드와 4라운드까지 4일 간격으로 경기가 배정되었다.

최소 5일 간격의 프로에 비할 바 아니지만 아마 야구에서 이 정도면 충분히 연투가 가능했다.

"정훈아, 오늘 경기는 네가 선발이다. 단, 다음 경기에서도 선발로 나가고 싶으면 투구 수 조절은 확실하게 해라. 알겠지?"

강혁이 한정훈의 어깨를 두드리며 말했다.

진짜 승부는 8강전인 5라운드 이후였지만 동명고등학교의 사정상 한정훈을 아낄 수 있는 형편은 아니었다.

혹사는 절대 불가하지만 어느 정도 휴식일이 보장된다면 한정훈을 모든 경기에 우선 등판시킨다.

이것이 봉황기에 앞서 강혁이 내세운 원칙이었다.

전국 대회 이전까지 선발을 독점해 왔던 공명찬과 홍영철도 강혁의 결정에 불만을 보이지 않았다.

오히려 한정훈의 호투로 동명고등학교가 6라운드에 진출하길 바랐다.

출전 여부를 떠나 전국 대회에서 최대한 오래 살아남고 싶은 게 모든 고교야구 선수들의 공통된 바람이었다.

그리고 바람대로 동명고등학교가 6라운드에 진출하게 된다면?

그다음 선발 기회는 공명찬과 홍영철, 둘 중 한 사람에게 돌아가게 될 터였다.

"야, 에이스. 배고프니까 빨리 끝내."

"설마 저런 팀을 상대로 실점하는 건 아니지?"

공명찬과 홍영철이 자신들의 방식으로 한정훈을 응원했다.

한정훈은 대답 대신 피식 웃어 보였다.

충분히 선발 기회를 맛보아서일까.

공명찬과 홍영철의 얼굴에는 제법 여유가 흐르고 있었다.

오히려 선발 등판에 안달이 난 건 한정훈이었다.

대학야구팀들과의 경기 이후 두 달이 넘도록 선발로 마운드에 선 적이 없으니 말이다.

"후우……."

스파이크 끈을 동여매며 한정훈이 길게 숨을 골랐다.

쿵덕. 쿵덕.

봉황기 결승전도 아니고 이제 겨우 2라운드일 뿐인데 벌써부터 심장이 두근거리고 있었다.

그때였다.

"정훈아, 가능하면 살살 던져라. 응?"

최창오가 다가와 한정훈의 어깨를 주물렀다.

"아, 네. 알겠습니다."

한정훈은 어렵지 않게 최창오의 주문을 이해했다.

오늘 동명고등학교의 상대는 상암고등학교.

1라운드에서 난타전 끝에 충문고등학교를 이기고 올라오긴 했지만 창단된 지 2년밖에 되지 않은 신생 야구팀이었다.

당연히 3학년 선수는 한 명도 없었다.

1, 2학년 선수들이 주축이라 경험이나 전력 면에서 동명고

등학교의 상대가 되지 않았다.

이런 팀을 상대로 한정훈을 선발 투입하는 건 솔직히 반칙 같은 느낌이었다.

그래서 코칭스태프 회의에서도 한정훈을 대신해 공명찬과 홍영철을 선발로 내세우자는 의견이 나오기도 했다.

대진 운이 따랐는지 4라운드까지는 비교적 수월했다.

하지만 5라운드는 봉황기의 분수령이 될 전망이었다.

기적이 일어나지 않는 이상 강팀을 피하긴 어려워 보였다.

그래서 최창오는 한정훈이 5라운드 전까지는 무리하지 않기를 바랐다.

오랜만의 등판이라고 실력을 뽐내다가 일찌감치 다른 팀들의 견제를 받을 필요가 없었다.

한정훈도 최창오를 비롯한 코칭태프의 판단에 전적으로 공감했다.

마운드에 오른 투수라면 늘 최선을 다해야 옳았다.

그러나 앞으로의 일정까지 고려하자면 영악해질 필요가 있었다.

"정훈아, 오늘은 너클 커브 빼고 포심하고 체인지업으로만 갈게."

별도의 지시를 받은 이만호가 한정훈에게 다가와 말했다.

"알았어."

한정훈도 고개를 끄덕거렸다.

상암고등학교를 무시하는 것 같아 미안하긴 했지만 그들을 상대로 너클 커브를 던지는 건 솔직히 아까웠다.

'제구 위주로 가자. 가능하면 맞춰 잡고.'

손바닥 가득 로진백을 털어내며 한정훈이 속으로 주문을 외웠다.

흥분하지 말자. 흥분하지 말자.

쿵쾅거리는 심장의 울림을 억지로 잠재워 냈다.

그런데…….

"……?"

타석에 들어 선 선두 타자의 실실 웃는 낯바닥이 한정훈의 자존심을 쿡쿡 찔러댔다.

마치 공명찬과 홍영철이 아니라 다행이라는 표정.

마치 한정훈 따위는 안중에도 없다는 표정.

'아…… 시발.'

그제야 한정훈은 자신이 고교야구에서 신인이나 다름없다는 사실을 절실히 깨달았다.

고등학교 1학년 내내 재활.

2학년에 올라와서도 오늘이 첫 출전.

이런 자신을 누가 요주의의 선수로 여기고 두려워하겠는가.

"그렇게 나오신다 이거지?"

한정훈은 아랫입술을 질근 깨물었다. 그리고 포심 패스트볼 그립을 움켜 쥔 채로 이만호의 사인을 기다렸다.

이만호의 주문은 역시 포심 패스트볼. 코스는 바깥쪽 낮은 공.

그러나 한정훈의 시선은 한가운데를 향했다.

호랑이는 토끼를 사냥해도 전력을 다하는 법이지. 암.

침착해야 한다는 주문 따위는 저만치 사라졌다.

머릿속에는 오로지 한가운데 스트라이크를 꽂아 넣는 상상으로 가득 찼다.

좌르르륵!

쭉 뻗은 한정훈의 발이 미끄러지듯 마운드를 긁어냈다.

그와 동시에 손끝을 빠져나온 공이 총알처럼 날아가 이만호의 미트를 물어뜯었다.

퍼어엉!

요란한 포구음이 그라운드를 울렸다.

뒤이어 전광판에 떠오른 무언가가 운동장을 떠들썩하게 만들었다.

5

"한정훈이라니. 강혁 감독은 대체 무슨 생각인 거야?"

전광판을 바라보며 매일 스포츠 기자 최일식이 이해할 수 없다는 표정을 지었다.

상암고등학교가 신생 야구팀이라고 해도 이건 아니었다.

무게감은 떨어지지만 올해 에이스 노릇을 하는 공명찬까진 무리더라도 홍영철, 아니, 적어도 노영민 정도는 나와 주는 게 예의였다.

그런데 단 한 번도 들어본 적이 없는 투수라니.

어렵게 팀을 창단하고 처음으로 2라운드에 진출한 상암고등학교를 두 번 죽이는 짓이나 다름없었다.

"강혁 감독 그렇게 안 봤는데 실망이네."

최일식이 한탄하듯 중얼거렸다.

커리어가 제법 화려한 강혁이 동명고등학교 감독이 됐다는 소식을 듣고 누구보다 좋아했는데 괜히 반겼다는 생각마저 들었다.

그때였다.

"최 선배, 오랜만."

뒤늦게 기자석으로 다가 온 여기자가 최일식의 옆자리에 주저앉았다.

순간 짙은 향수 냄새가 강하게 풍겨왔다.

"넌 야구장에 온 거냐 클럽에 온 거냐?"

최일식이 눈매를 굳히며 여기자, 한예리를 바라봤다.

향수 냄새만큼이나 짙은 화장과 짧은 미니스커트 차림은 취재를 온 스포츠 기자라고 보기 어려울 정도였다.

"왜요? 여기자는 꼭 바지 입고 다녀야 해요?"

한예리가 입술을 삐죽거렸다.

한참 젊고 예쁠 나이에 좀 꾸몄기로서니 뭐가 그렇게 문제란 말인가.

최일식의 꼰대 같은 마인드가 도저히 이해가 가지 않았다.

하지만 최일식은 한예리의 엉큼한 속내가 훤히 보였다.

말은 하지 않아도 하는 짓이나 행동만 보면 제대로 된 기자가 될 재목인지, 기자 신분으로 딴짓을 하려는 부류인지 딱 답이 나왔다.

'여기서 한두 해 더 뻗대다가 스포츠 아나운서 자리 나면 냉큼 들어가려고 하겠지. 그리고 FA 대박 터뜨릴 것 같은 프로야구 선수 하나 물어서 팔자 피려고 할 테고.'

최일식은 이내 고개를 돌려 버렸다.

그렇지 않아도 이름조차 들어본 적 없는 선발투수 때문에 심란한 상황이었다.

야구 기자라고 불릴 자격조차 없는 한예리 따위에게 신경 쓸 겨를은 없었다.

그러나 야구에 대해 아는 게 별로 없는 한예리에게 아마 야구 전문 기자로 통하는 최일식은 꼭 필요한 존재였다.

"그런데 최 선배, 한정훈 선수에 대해 아는 거 있어요?"

한예리가 화장을 고치며 물었다.

그 와중에도 전광판에 낯선 이름이 올라왔다는 건 눈치챈 모양이었다.

"나도 몰라."

최일식이 짜증스럽게 대답했다.

설사 한정훈에 대해 알고 있다고 해도 한예리에게 일러줄 생각은 없었다.

하지만 정작 한예리는 어깨를 한 번 으쓱거리고는 다시 분칠에 열중했다.

"뭐 그래도 선발로 나왔으니까 잘하는 선수인가 보죠. 동명의 히든카드쯤 되려나?"

한예리가 혼잣말처럼 중얼거렸다.

전후 사정은 따지지도 않고 선발투수는 무조건 잘하는 선수라고 생각하는 모양이었다.

"허……."

최일식은 그저 어처구니가 없었다.

작년은 물론이고 올해까지 경기 기록이 전혀 없는 선수더러 히든카드라니.

정말 할 수만 있다면 한예리의 기자석 출입을 금지시켜 버리고 싶었다.

"1회에 강판이나 안 당하면 다행이다."

최일식이 훈계하듯 한마디 했다.

자세히 설명해 줄 수도 있었지만 목에 건 야구 기자 신분증이 액세서리가 아니라면 그 정도쯤은 스스로 알아채야 옳았다.

그러나 한예리는 최일식의 판단에 동의하기 어렵다는 표정이었다.

"왜 그렇게 악담을 해요? 그래도 뚜껑은 열어봐야 하잖아요?"

"뚜껑을 열긴 뭘 열어? 그 안에 뭐가 들었는지 뻔히 보이는데."

"참, 선배도 이럴 때 보면 되게 부정적이라니까."

"내가 부정적인 게 아니라 네가 보는 눈이 딱 그 정도인 거야."

최일식은 한예리와 한정훈을 싸잡아 깎아내렸다.

그 모습이 마치 한씨 집안과 원수라도 진 사람처럼 보였다.

그래서일까. 한예리는 괜히 오기가 치밀었다.

"그럼 저랑 내기하실래요?"

"내기? 내가 너랑?"

"왜요? 질 것 같으세요?"

"허……! 설마 한정훈이 잘하나 못하나 그걸로 내기를 하자는 건 아니겠지?"

"왜 아니에요? 전 오늘 한정훈 선수가 사고 친다는 쪽이 오거든요?"

"그래, 사고 치겠지. 동명고등학교의 봉황기를 끝내는 대형사고."

"선배!"

"뭐 어쨌든, 좋아. 그럼 서로 지는 사람 소원 들어주기 어때?"

"콜! 나중에 딴소리하지 마요."

"너나 제발 딴소리 말아라."

최일식은 속으로 코웃음을 쳤다.

어지간한 바보가 아니고서야 아마 야구판 최고 통밥인 자신과 내기를 하지는 않을 터였다.

'넌 내가 이기면 기자석에 얼씬거릴 생각 마라.'

최일식의 시선이 마운드에 올라온 한정훈에게 향했다.

특별히 억하심정이 있는 건 아니지만 보기 싫은 한예리를 떼어내기 위해서라도 한정훈이 철저하게 무너져 줄 필요가 있었다.

'그래도 흥행을 위해서는 동명이 올라가는 게 나으니까. 양심이 있으면 적당히 점수 내주고 알아서 내려가라.'

최일식이 팔짱을 낀 채로 등받이에 몸을 기댔다.

이제 느긋하게 한정훈의 강판을 기다리기만 하면 될 것 같았다.

그런데.

펑!

한정훈의 초구가 만들어낸 포구 소리가 최일식의 표정을 바꿔 놓았다.

"뭐, 뭐야?"

최일식이 반사적으로 전광판을 바라봤다.

그 순간.

154km/h.

전광판 하단에 붉은색 글씨가 떠올랐다.

"허! 154!"

"뭐, 뭐야, 저 녀석!"

최일식처럼 기대감 없이 경기를 지켜보던 기자들의 입에서 경악성이 터져 나왔다.

땜빵 투수인 줄 알았던 선수가 시작부터 154km/h라니.

반전도 이런 반전이 없었다.

"이거 어떻게 하죠, 선배? 왠지 제가 이길 각인데요?"

한예리가 실실 웃으며 최일식을 바라봤다.

그러나 최일식은 한가하게 한예리와 노닥거릴 틈이 없었다.

"어, 난데. 한정훈에 대해서 정보 보내. 한정훈! 동명고등학교 한정훈이라고! 어!"

신문사에 전화를 넣은 최일식이 테이블 쪽으로 몸을 바짝 끌어당겼다.

그리고 매의 눈으로 한정훈의 투구를 지켜보기 시작했다.

그사이 한정훈의 2구가 포수 미트를 향해 날아들었다.

퍼엉!

2구째 역시 패스트볼 계열. 구속은 초구와 엇비슷해 보였다.

아니나 다를까.

152km/h.

전광판에 또다시 150km/h가 넘는 구속이 찍혔다.

"와우!"

"저거 진짜잖아?"

기자들이 호들갑을 떨어댔다.

한 번은 우연일 수 있지만 두 번부터는 실력이었다.

게다가 초구와 2구 모두 한복판으로 꽂아 넣었다.

제구에 문제가 있는 게 아니라면 작심하고 던지는 게 틀림없었다.

"와우, 한정훈 선수. 섹시하네요."

한예리의 눈에도 한정훈의 투구가 선명하게 들어왔다.

그래도 명색이 고교 야구 기자라 여러 경기를 봐왔지만 한정훈처럼 시원시원한 패스트볼을 던지는 투수는 흔치 않았다.

그러자 최일식이 송곳니를 드러내며 웃었다.

"섹시하지, 섹시해. 그것도 엄청 섹시해. 반할 정도로."

다른 기자들은 구속에 정신이 팔려 있는 사이 최일식은 한정훈의 투구 폼에 집중했다.

노 와인드업 투구 폼이다. 그런데 봄부터 150㎞/h대의 패스트볼을 던지고 있다.

이건 확실히 물건이었다.

잘만 하면 안성민의 대를 이어 고교 야구를 떠들썩하게 만들 수 있을 것 같았다.

최일식은 일단 기사 제목부터 정했다.

제2의 안성민 한정훈.

이제 고작 공 두 개 본 것뿐이지만 기자로서의 감은 한정훈이 안성민만큼 성장해 줄 것 같았다.

그러다 한정훈의 3구가 미트에 꽂히자 최일식은 자신이

너무 성급했다는 사실을 깨달았다.

시원스럽게 방망이를 휘두른 타자. 그런 타자를 놀리듯 한 가운데서 뚝 떨어지는 체인지업.

이건…… 정말 섹시했다.

최일식은 마우스 커서를 움직여 제목을 수정했다.

제2의 안성민?

아니다.

올해 고교야구는 한정훈이다.

6

"젠장!"

첫 타석부터 3구 삼진을 먹은 1번 타자, 김일원의 입에서 욕지거리가 터져 나왔다.

초구와 2구.

한복판에 패스트볼을 던져 놓고 치사하게 3구는 체인지업 을 던지다니.

완전히 농락당한 기분이었다.

"어때? 빨라?"

대기 타석에 있던 2번 타자가 놀란 눈으로 물었다.

표정을 보아하니 벌써부터 한정훈의 공에 겁을 먹은 모양이었다.

"안 빨라. 충분히 칠 수 있었어."

김일원이 퉁명스럽게 대답했다.

이번 타석은 그냥 재수가 없었을 뿐이야.

일그러진 그의 얼굴이 그렇게 항변하고 있었다.

그러나 급조된 상암고등학교 야수들 중에 타격 능력이 가장 뛰어나다는 김일원도 못 치는 공을 다른 선수들이 공략해 낼 리 없었다.

"스트라이크 아웃!"

2번 타자는 방망이 한 번 휘둘러 보지고 못하고 3구 삼진.

"스트라이크 아웃!"

3번 타자는 반대로 연신 헛방망이질만 하다가 3구 삼진.

그렇게 상암고등학교의 1회 초 공격이 5분 만에 끝나 버렸다.

"허, 뭐 저런 게 다 있냐?"

상암고등학교 감독 조병철의 얼굴이 딱딱하게 굳어졌다.

설마하니 동명고등학교에 저런 투수가 있을 줄은 예상하지 못한 모양이었다.

선수들의 반응도 별반 다르지 않았다.

"뭐야? 듣보잡이라며?"

"저 공을 어떻게 치라는 거야?"

3학년이라도 있다면 분위기를 다잡아줬겠지만 1, 2학년으로 이루어진 신생팀이다 보니 금세 분위기에 휩쓸려 버렸다.

그리고 그 여파는 경기 결과로 이어졌다.

한정훈의 투구에 기가 꺾여 버린 상암고등학교의 선발투수는 1회에만 5실점하며 승기를 내줬다.

발등에 불이 떨어진 조병철 감독이 2회부터 투수들을 총동원했지만 소용없었다.

2회 1실점, 3회 2실점, 4회 1실점.

그리고 5회에 끝내기 만루 홈런까지 허용하며 4실점. 마운드에 올리는 투수마다 점수를 헌납했다.

반면 타자들은 한정훈의 투구에 꽁꽁 묶였다.

5회까지 15명의 타자가 타석에 들어섰지만 그 누구도 1루를 밟지 못했다.

안타는 없었다. 사사구도 없었다. 대신 삼진은 9개나 먹었다. 그것도 1회부터 3회까지, 아홉 타자 연속 삼진이었다.

만약 4회 이후 한정훈이 투구 패턴을 바꾸지 않았다면 15연속 타자 삼진이라는 대기록(?)의 희생양이 됐을지도 몰랐다.

그만큼 한정훈의 투구는 압도적이었다.

적장이지만 절로 감탄이 터져 나올 정도였다.

"동명은 올해 글러먹었다고 하던데 다 헛소리군. 헛소리야. 저런 투수가 있는데 망하긴 개뿔."

조병철 감독이 부러운 눈으로 동명고등학교 더그아웃을 바라봤다.

깊은 침묵 속에 빠져든 상암고등학교와는 달리 5회 콜드 게임 승을 차지한 동명고등학교 쪽은 와자지껄해 보였다.

그러나 조병철 감독의 예상처럼 한정훈이 일방적으로 축하를 받는 분위기는 아니었다.

"완전 양학이네. 양학."

"좀 봐주면서 하지. 넌 그러고 싶냐?"

경기를 마치고 더그아웃으로 돌아온 한정훈을 향해 공명찬과 홍영철이 짓궂게 핀잔을 놓았다.

한정훈의 압도적인 투구는 충분히 예상 가능한 일이었다.

대학야구 선수들도 버거워하는 한정훈의 공을 신생팀 선수들이 쉽게 공략해 낼 리 만무했다.

그래도 인간미 있게 안타 한두 개쯤은 맞아줄 줄 알았다.

하지만 한정훈은 5회까지 단 한 명의 출루도 허용하지 않았다.

어찌나 일방적으로 몰아붙이던지 패배 후 울먹거리는 상암고등학교 선수들에게 미안할 정도였다.

"그래, 정훈아. 좀 너무하긴 하더라."

"그래. 같이 좀 먹고살자. 나 오늘 공 하나도 못 잡은 거 아냐?"

뒤따라 들어온 주장 강한우와 황보연도 한정훈 놀리기에 동참했다.

16안타, 13득점을 올리며 오랜만에 타자들도 제 몫을 다 하긴 했지만 9타자 연속 탈삼진으로 상암고등학교의 숨통을 끊어놓은 한정훈의 잔인한(?) 호투에 비할 바는 아니었다.

"야, 인마, 이만호. 정훈이가 눈치 없이 던지면 포수인 네 가 잘했어야지."

평소에는 농담과 담을 쌓고 살던 조인식이 이만호의 등을 툭 하고 때렸다.

그러자 이만호가 씩 웃더니 앓는 소리를 내기 시작했다.

"선배님, 저도 죽겠어요. 그렇게 살살 던지라고 사인을 내 도 이건 뭐 던졌다 하면 150이 넘으니. 타자들 표정 못 보셨 죠? 옆에서 보는데 제가 다 짠하더라니까요?"

"야, 네가 언제 살살 던지라고 사인을 냈냐? 그리고 4회부 터는 나도 분위기 봐 가며 던졌거든?"

한정훈도 선수들의 장단에 맞춰 억울하다는 표정을 지었다.

상암고등학교에게 얕보이고 싶지 않은 마음에 잠시 위력 시위를 하긴 했지만 실제로도 4회부터는 어깨에 힘을 빼고 던졌다.

신생팀을 상대로 아홉 타자 연속 탈삼진을 잡아냈으니 부담스럽기도 했다.

그런데 때리라고 던져 준 공을 상암고등학교 타자들은 좀처럼 내야 밖으로 넘기지 못했다.

그 결과까지 자신이 책임질 수는 없는 노릇이었다.

하지만 이미 선수들은 오늘의 MVP인 한정훈을 매정한 에이스로 몰아가고 있었다.

신생팀인 상암고등학교를 이겼다고 대놓고 좋아하긴 멋쩍으니 이런 식으로나마 승리의 기쁨을 나누는 것이었다.

"뭐 결론은 저만 나쁜 놈이네요."

한정훈도 오늘만큼은 팀을 위해 얼마든지 놀림감이 되어 주고 싶었다.

아니, 양학이란 소리를 들어도 좋고 혼자 다 해먹는다고 핀잔을 들어도 좋으니 앞으로 모든 경기가 오늘 같길 바랐다.

그만큼 한정훈은 기분이 좋았다.

상대를 떠나 동명고등학교의 봉황기 첫 승리이고 전국 대회 첫 승리였다.

그 의미 있는 첫 승을 자신의 손으로 이뤄냈다는 게 내심 뿌듯하기만 했다.

게다가 오늘 승리가 고교야구 첫 선발승이기도 했다.

다소 늦은 감이 있지만 첫 단추를 잘 끼웠으니 앞으로 어디 가서 무명 선수라고 무시당하지는 않을 것 같았다.

묘하게 들뜬 건 다른 선수들도 마찬가지였다.

특히나 3학년이 된 선수들은 감회가 남달랐다.

동명고등학교의 에이스로 군림했던 조찬수가 졸업한 이후 오늘처럼 편하게 경기를 한 게 얼마 만이던가.

솔직히 기억이 나질 않았다.

서울시 봄철 야구 대회와 서울 경기 춘계 야구 대회에 이르기까지 치열하지 않은 경기가 없었던 것 같았다.

그런데 한정훈이 마운드에서 버텨준 것만으로도 경기 결과가 이렇게 달라졌다.

에이스로서 상대의 예봉을 꺾고 승기를 낚아채니 경기가 술술 풀렸다.

타자들의 방망이가 오랜만에 불을 뿜은 것도 상당 부분 한정훈의 공이 컸다.

한정훈은 모든 이닝을 안타 하나 맞지 않고 10구 이내로 끝마쳤다.

수비 시간이 채 5분이 되지 않으니 체력적인 부담이랄 게 전혀 없었다. 자연스럽게 타자들도 타격에 더욱 집중할 수 있게 됐다.

비록 에이스의 화려한 복귀전의 들러리가 되긴 했지만 누구 하나 불만을 갖는 선수는 없었다.

오히려 한정훈이 오늘처럼만 던져 주길 바랐다.

한정훈이 마운드에서 버텨주기만 한다면 그 어떤 팀을 상대하든 이길 수 있을 것 같은 확신이 들었다.

한정훈을 에이스 자리를 빼앗긴 공명찬과 홍영철도 마찬가지였다.

솔직히 자신들이 선발로 나섰다 하더라도 한정훈처럼 던질 자신이 없었다. 그리고 자신들이라면, 팀을 위해 선발 기회를 양보하려 들지도 않았을 것이다.

부모의 성화와 주변의 기대 때문에 대놓고 인정하지 못했지만 이미 마음속으로는 한정훈을 에이스로 받아들이고 있었다.

그래서 오늘 한정훈의 호투가 부러우면서도 반가웠다.

한정훈의 호투 속에 동명고등학교가 3라운드까지 승승장구해 준다면 자신들이 책임져야 할 4라운드도 잘 풀릴 것만 같았다.

"자, 자. 이제 곧 다음 경기를 치를 선수들이 올 테니 이쯤에서 정리하자."

강혁을 대신해 최창오가 손뼉을 치며 분위기를 환기시켰다.

승리의 기쁨을 누리는 것도 좋지만 다음 팀을 배려하는 것도 중요했다.

꼼꼼하게 필기를 마친 강혁도 슬그머니 자리에서 일어났다.

그때였다.

"감독님, 기자들이 정훈이 인터뷰 좀 하고 싶다는데 어떻게 할까요?"

박용혁이 호들갑스럽게 더그아웃으로 들어왔다.

순간 모든 선수의 시선이 한정훈에게 향했다.

부러운 놈.

조금 전에는 반쯤 장난이었던 부러움의 시선이 어느새 노골적으로 변해 있었다.

그런 한정훈을 구원하듯 강혁이 단호한 목소리로 말했다.

"다음에. 다음에 하겠다고 하세요."

이제 고작 전국 대회 1승이다.

그리고 아직 한정훈이 보여준 건 많지 않았다.

오늘 인터뷰를 한다고 해봐야 신생팀을 상대로 호투했다는 식으로 기사를 쓸 게 뻔했다.

강혁은 애제자이자 팀의 에이스인 한정훈이 언론에 휘둘리게 놔둘 생각이 없었다.

강혁의 결정에 한정훈도 묵묵히 고개를 끄덕거렸다.

지금 자신이 해야 할 일은 충분한 휴식을 통해 다음 경기를 준비하는 것이다.

동명고등학교의 에이스로서 이제 겨우 첫발을 뗐는데 벌써부터 개인적인 인터뷰를 하고 싶은 마음은 없었다.

"뭐? 안 해?"

"허, 자식이 벌써부터 스타라도 된 줄 아나?"

한정훈의 인터뷰 불가 소식에 상당수의 기자가 불만을 터 뜨렸다.

일부 기자는 시건방지다며 언성을 높이기까지 했다.

그러나 최일식은 한정훈이 옳은 결정을 내렸다고 여겼다.

솔직히 고교야구 선수치고 개인적인 인터뷰를 싫어하는 선수는 없었다.

어떻게든 언론의 입방아에 오르내려야 이름값이 쌓이고 프로 진출에도 도움이 된다는 걸 잘 알기 때문이다.

하지만 한정훈은 과감하게도 다수 신문사의 인터뷰를 거 절했다.

이제 고작 2라운드.

이례적인 인터뷰 요청이 자신에게 득이 되지 않을 거라는 사실을 눈치챈 것이다.

최일식이 눈을 돌렸다.

한정훈을 기다리던 기자들 중 아마 야구 기자라 불릴 만한 이는 한 손에 꼽을 정도였다.

나머지는 그저 가십거리를 찾는 하이에나에 불과했다.

한정훈이 154㎞/h를 던졌다더라. 한정훈이 9타자 연속 탈삼진을 잡았다더라.

오로지 경기 결과만 놓고 기사를 쓸 뿐이었다.

만약 오늘 인터뷰가 가능했다면 저들이 쏟아낼 질문도 뻔했다.

"다음 경기에서는 탈삼진을 몇 개 잡고 싶어요?"

"다음 경기, 퍼펙트게임 도전합니까?"

"목표는 당연히 메이저리그죠?"

오로지 기사거리에 초점을 둔 뻔하고 구역질나는 질문들.

이런 건 선수 개인이나 팀은 물론이고 아마 야구에도 하등 도움이 되지 않았다.

그때였다.

지이이잉—

핸드폰이 울리더니 장문의 문자메시지가 화면 위로 떠올랐다.

그 속에는 한정훈의 지난 1년간의 행적들이 상세하게 적혀 있었다.

"호……! 이 녀석 봐라?"

최일식이 눈을 반짝거렸다.

만약 이게 팩트라면, 한정훈은 결코 하늘에서 뚝 하고 떨어진 투수가 아닌 셈이었다.

'이 좋은 소스를 저딴 놈들과 공유할 수는 없지.'

최일식은 냉큼 핸드폰을 집어넣었다.

그리고 시치미를 뚝 떼며 주머니에서 담뱃갑을 빼 들었다.

하지만 최일식을 계속 지켜보던 한예리의 눈에는 모든 게 수상쩍기만 했다.

"선배, 뭐예요?"

"뭐긴 뭐야. 담배 첨 보냐?"

"아까 문자 말이에요."

"문자? 아, 마누라가 일찍 들어오라고."

"에이, 거짓말. 근데 웃어요? 마누라가 일찍 들어오라는데?"

"야! 우리…… 아직 뜨겁거든?"

"아, 네. 네. 자식이 중학생인데 퍽이나 뜨거우시겠어요."

"지, 진짜라니까?"

"시끄럽고. 아까 그거 한정훈 선수 관련 소스 맞죠? 그럼 나하고 공유해요. 내기에서 내가 이겼잖아요."

"허……!"

"싫음 나 여기서 소리친다? 선배 혼자 한정훈 선수 독식하려고 한다고. 해요? 소리 질러?"

"야, 야! 조용히 좀 해! 들키겠다."

막무가내로 구는 한예리에게 최일식이 항복을 선언했다.

하지만 정작 최일식도 딱히 싫은 기색이 아니었다.

아마 야구 판에서는 보기 드문 떡밥이었다.

괜히 혼자 먹다 체할 수도 있었다.

그렇다면 차라리 기자로서의 소양은 눈곱만큼도 없는 한예리에게 한입 떼 주는 것도 좋을 것 같았다.

"너 이거 다른 놈들하고 나눠먹기만 해봐."

단단히 으름장을 놓으며 최일식이 한예리에게 문자를 재전송했다.

"에이, 선배. 절 뭐로 보고. 저 이대 나온 여자예요."

한예리가 걱정할 거 없다며 최일식의 등을 때렸다.

하지만 그것도 잠시. 흥미진진한 정보를 확인하고는 반짝 눈을 빛냈다.

8

오늘의 봉황기.

동명고등학교 13-0 상암고등학교(5회 콜드게임).

승리투수 한정훈(2학년) 5이닝 9탈삼진.

인터뷰를 거절한 탓일까.

한정훈에 대한 기사는 단 하나도 없었다.

대부분 경기 결과만 짤막하게 다루며 한정훈의 호투를 덮어버렸다.

언론이 침묵하니 사람들의 입에 오르내릴 수도 없었다.

그러나 정작 한정훈은 조금도 실망하지 않았다.

첫술에 배부를 수는 없는 법이다.

그리고 봉황기에서만 선발 보장된 경기가 두 경기나 남아 있었다.

"그럼 오늘도 신나게 던져 볼까?"

로진백을 툭툭 털며 한정훈이 씩 웃었다.

나흘 만에 마운드에 올랐지만 어깨 상태는 양호했다.

재활을 통해 어깨 근력을 강화한 덕분인지는 몰라도 피로가 금세 풀렸다.

동명고등학교의 3라운드 상대는 경일고등학교.

같은 서울 지역 학교로 얼마 전까지만 해도 동명고등학교와 같은 고충에 빠져 있었다.

바로 투수력 부재.

만약 지난 경기에서 한정훈이 나타나지 않았다면 경일고등학교는 난타전을 감안하고 투수 자원을 활용했을 것이다.

그러나 최소 조찬수급이라는 신예 선수의 등장으로 초반

부터 전력을 다할 수밖에 없었다.

"체인지업은 버리고 철저하게 패스트볼만 노려라!"

경일고등학교 하지명 감독이 선수들을 독려했다.

지난 경기에서 한정훈이 빼어난 피칭을 선보이긴 했지만 경기 경험이 부족한 2학년인 만큼 선취점만 뽑아내면 승산이 있다고 판단한 것이다.

게다가 한정훈은 상암고등학교를 상대로 지나치게 많은 포심 패스트볼을 던졌다.

48구 중 포심 패스트볼만 40개.

체인지업이 8개뿐이니 포심 패스트볼만 노려 공략한다면 상암고등학교 꼴은 나지 않을 것 같았다.

당분간은 포심 패스트볼 위주로 경기를 운영하려던 한정훈의 입장에서 하지명 감독의 노림수는 뼈아플 수밖에 없었다.

하지만 그건 어디까지나 선수들이 포심 패스트볼을 때려낼 수 있을 때의 이야기였다.

"스트라이크 아웃!"

"스트라이크 아웃!"

"스트라이크 아웃!"

포심 패스트볼만 노리던 세 타자가 연속 스탠딩 삼진으로 물러나고서야 하지명 감독은 깨닫게 됐다.

한정훈은 체인지업에 자신이 없어서 패스트볼만 던진 게 아니었다.

패스트볼만 던져도 타자들이 못 치니 패스트볼을 던지는 것뿐이었다.

'젠장. 망했다.'

눈앞에 드리운 암운을 감지한 하지명 감독이 질끈 입술을 깨물었다.

그렇게 동명고등학교는 11 대 0. 5회 콜드게임 승을 거두고 4라운드에 진출했다.

그리고 다음 상대는 고교 최대어 안성민을 배출한 경복고등학교였다.

상대가 상대인 만큼 강혁과 코치들은 경기 전날 전략 분석에 들어갔다.

"역시 경복고네요. 안성민이 빠졌는데도 무시무시합니다."

경복고등학교의 경기 결과를 살피던 최창오가 혀를 내둘렀다.

에이스 안성민이 무기한 자격 정지 처분을 받았지만 경복고등학교는 건재했다.

오히려 안성민이 없어도 상관없다는 듯 타력으로 상대 팀을 박살 내며 올라오고 있었다.

1라운드, 대 동승고등학교 15 대 5 승리(6회 콜드 게임)

2라운드, 대 울릉공업고등학교 17 대 4 승리(5회 콜드 게임)

3라운드, 대 부청고등학교 16 대 7 승리(7회 콜드 게임)

경복고등학교는 봉황기에 참가한 팀 중 유일하게 세 경기 연속 콜드 게임 승을 거두고 있었다.

동시에 세 경기 연속으로 15득점을 넘겼다.

동명고등학교도 두 경기 연속 콜드 게임 승리를 거두긴 했지만 화력의 질에 있어서는 경복고등학교의 상대가 되지 못했다.

그러나 정작 강혁은 경복고등학교의 활화산 같은 타격에 대해서는 크게 신경 쓰지 않는 눈치였다.

내일 동명고등학교의 선발은 한정훈이다.

한정훈이 제 실력만 발휘해 준다면 경복고등학교라고 해도 쉽게 점수를 내지 못할 터였다.

"상대 선발은 누구입니까?"

강혁이 화제를 돌렸다.

"그러니까…… 1라운 선발이 최성훈, 2라운드 선발이 장원하, 3라운드 선발이 다시 최성훈이었으니까 이번에는 장원하일 것 같습니다."

최창오가 기록지를 살피며 말했다.

에이스인 안성민을 잃으면서 경복고등학교의 믿을 수 있는 선발투수 자원은 현재 최성훈과 장원하, 둘밖에 남지 않았다.

그중 최성훈이 부청고등학교와의 경기에 등판해 6이닝을 던졌으니 이변이 없는 한 내일 선발은 장원하일 가능성이 높았다.

"최성훈이 나오길 바랐는데 말이죠."

박용혁이 아쉽다는 표정을 지었다.

경기 결과에서 드러나듯 최성훈의 투구 내용은 썩 좋지 않았다.

체격 조건이 좋아서 선발로 키우고 있긴 하지만 제구가 엉망이고 위기 대처 능력이 약했다.

반면 장원하는 안성민이 에이스로 군림하던 시절에도 선발로 나올 만큼 괜찮은 실력을 보유하고 있었다.

"확실히 장원하는 상대하기 까다로운 투수입니다. 키도 크고 팔도 길어서 우리 애들이 제법 애를 먹을 것 같습니다."

최창오도 우려의 목소리를 냈다.

장원하는 대회에 참가한 투수들 중 최장신이다.

게다가 좌완의 이점까지 가지고 있었다.

하지만 강혁은 장원하의 투구 능력을 냉정하게 평가했다.

"장원하는 릴리스 포인트가 뒤쪽에서 형성이 되고 있습니다. 그렇게 공을 던지면 시각적인 효과는 커지겠지만 제구가 어려울 수밖에 없습니다. 장원하의 단점을 파악하고 정확한 타격의 기준점을 가지고 대처한다면 충분히 공략 가능하다고 생각합니다."

강혁이 투구 이론을 곁들여 장원하 공략법을 내놓았다.

물론 이론적인 이야기이긴 하지만 타격적인 면만 생각했던 최창오에게는 충분한 도움이 되었다.

"말씀을 듣고 보니 장원하의 공이 대체적으로 높긴 하네요."

최창오가 이내 고개를 끄덕거렸다.

장원하의 투구 궤적에 현혹되지 않고 스트라이크와 볼을 골라낼 수 있다면?

장원하를 스스로 무너지게 만들 수 있을 것 같았다.

"수비는 지금처럼 유지할까요?"

최창오에 이어 박용혁이 강혁의 조언을 구했다.

지금까지는 전력이 약한 팀을 상대해 왔기 때문에 특별한 수비 포메이션을 사용하지 않았다.

하지만 경복고등학교의 타선은 달랐다.

3경기에서 8개의 홈런을 때려 낸 중심 타자들도 위력적이지만 7할대의 엄청난 출루율을 선보이는 테이블 세터가 골칫거리였다.

"그렇지 않아도 그 점에 대해 고민을 했습니다만, 내일 경기는 3루수를 바꿨으면 합니다."

강혁이 기다렸다는 듯이 말을 받았다.

순간 최창오의 표정이 당혹스럽게 변했다.

"3루를 바꾼다면…… 설마 성민이가 빠지는 겁니까?"

3루수로 출전하고 있는 장성민은 팀의 4번 타자였다.

만약 장성민이 빠지면 중심 타선의 파괴력이 떨어질 수밖에 없었다.

"일단 제가 생각한 1안은 성민이를 대신해 선인이를 투입하는 거였습니다. 선인이에게 2루를 맡기고 건호를 3루로 돌리면 가능하니까요. 그리고 2안은 성민이를 지명 타자로 돌리고 인식이를 1루로 출전시키는 겁니다."

강혁이 최창오에게 선택지를 주었다.

그러자 최창오가 기다렸다는 듯이 2안을 골랐다.

"인식이는 경험이 많으니까 1루에서도 잘할 겁니다. 그렇지, 박 코치?"

최창오가 박용혁에게 도움을 청했다.

타선의 4, 5번을 치고 있는 장성민과 조인식을 경기에 내보낼 수 있는 유일한 방법은 그것뿐이었다.

"뭐 인식이가 1루 수비 연습을 하긴 했으니까요."

박용혁이 어색하게 웃었다.

아직 다 낫지 않은 조인식의 발목이 걱정스럽긴 했지만

경복고등학교를 상대로 몸을 사리고 있을 수는 없는 노릇이었다.

"두 분 코치의 의견이 그렇다면 인식이를 1루로 돌리는 것으로 하겠습니다."

강혁이 최종적으로 타순을 정리했다.

그 사실이 다음 날 출전 선수 명단을 통해 경복고등학교측에 전해졌다.

"그러니까 한명수 대신 김선인을 넣은 건가?"

경복고등학교 이원일 감독은 동명고등학교 라인업의 변화를 간단하게 판단했다.

한명수가 빠지고 김선인이 들어가면서 수비 포지션에 변화가 생겼지만 그것까지 일일이 신경 쓰진 않았다.

고작 수비 하나 바꿨다고 동명고등학교의 수준이 대폭 향상될 것 같지도 않았다.

"어이, 김 코치. 오늘 한정훈인지 뭔지 하는 녀석이 선발인 거 맞지?"

이원일 감독이 코치 김순호를 불렀다.

그러자 김순호가 냉큼 달려와 이원일 감독에게 고개를 조아렸다.

"네, 그렇습니다. 그 건방진 녀석이 선발인 거 제가 두 번,

세 번 확인했습니다."

"두 번, 세 번 확인할 것까진 없고. 어떨 거 같아?"

"그야 뻔하죠. 아마 3회도 못 버티고 내려갈 겁니다."

"3회? 언론에서는 우리 성민이하고 비교하던데?"

"아이고, 감독님. 동명 쪽에서 뒷돈 받고 쓴 헛소리는 신경 쓰지 마십시오. 그리고 우리 애들, 방망이 하나는 확실하지 않습니까?"

김순호가 실실 웃으며 말했다.

농담이 아니라 경복고등학교 타선을 두고 벌써부터 봉황기 최강이라는 말이 나오고 있었다.

"그래도 제법 던지는 모양이니까. 애들한테 방심하지 말라고 잘 일러 둬."

"걱정하지 마십시오. 확실히 전달하겠습니다."

깊숙이 고개를 숙이고 물러난 김순호의 표정이 잔뜩 일그러졌다.

자신보다 열 살이나 어린 감독에게 아부나 떨며 지내야 한다는 사실이 그저 치욕스럽기만 했다.

하지만 어쩔 수 없는 일이다.

안성민의 메이저리그행을 부추긴 대가로 뒷돈을 받았다는 사실이 들통난 이상 야구 판에서 버티려면 다른 방법이 없었다.

그나마 다행인 건 안성민이 없어도 경복고등학교가 순항 중이라는 점이다.

안성민 파동으로 페널티를 받고 1라운드 경기부터 치러야 했지만 경복고등학교는 매 경기 압도적인 타력을 선보이며 상대를 무너뜨렸다.

이번 상대가 동명고등학교라고 해도 달라질 건 없었다.

한정훈이라는 투수가 제법 선전하는 모양이지만 그 정도로 감히 안성민과 견줄 수는 없는 일이었다.

"제깟 놈이 제2의 안성민이라고? 흥! 오늘 아주 피똥을 싸게 주마."

김순호는 이원일 감독을 대신해 선수들을 독려했다.

한정훈의 공은 포심 패스트볼뿐이니 체인지업은 버리고 포심 패스트볼만 노리라는 주문을 했다.

경일고등학교 하지명 감독처럼 한정훈의 단조로운 투구 패턴을 단점이라 여긴 것이다.

게다가 다른 팀도 아닌 경복고등학교 선수들에게 빠르기만 한 포심 패스트볼은 크게 위협적이지 않았다.

"그래 봐야 155km/h 아냐?"

"최고 구속은 154km/h. 성민이보다 3km/h나 느리지."

"야, 어따 대고 성민이하고 비교해? 성민이는 연습 경기 때 160km/h도 던졌다고."

"어쨌든 다들 성민이 공을 자주 봤잖아, 안 그래? 그러니까 걱정하지 말고 때리자고. 오케이?"

타자들은 하나같이 자신감이 넘쳤다.

특히나 올해 새롭게 클린업 트리오를 구성한 좌타 3인방의 눈빛은 매서웠다.

동명고등학교와의 4라운드 경기가 결정되자 안성민은 야구부를 찾아와 연습을 돕겠다고 말했다.

자꾸만 자신과 엮이는 한정훈이라는 이름이 마음에 들지 않는다는 것이었다.

자칫 잘못하다 구설수에 오를 수도 있었지만 이원일 감독은 중심 타선에 한해 안성민과의 라이브 피칭을 허락했다.

그리고 결과는 대만족이었다.

처음에는 고전하던 좌타 3인방이 점차 안성민의 공을 건드리기 시작했다.

그러더니 어느 순간부터는 방망이 중심에 공을 맞춰냈다.

쭉쭉 뻗어나가는 타구를 보면서도 안성민은 기분 좋게 웃었다.

무기한 자격 정지 처분을 받고 억울한 마음에 쉬지 않고 훈련을 계속해 왔다.

구위나 구속, 전국 대회 때와 비교해 결코 떨어지지 않았다.

그런 자신의 공을 쳐 냈다면 한정훈의 공쯤은 우스울 수밖에 없었다.

"경기 날 두당 홈런 하나다. 단디 해라. 못 치면 각오하고. 대신 가장 먼저 홈런 친 사람한테는 내가 메이저리그 글러브하고 스파이크 챙겨 준다."

안성민은 마지막까지 좌타 3인방에게 신신당부를 했다.

한 명당 홈런 하나.

그만큼 철저하게 한정훈을 무너뜨려 달라는 부탁이었다.

"첫 홈런은 내가 친다."

방망이를 집어 들며 3번 황철민이 호기롭게 외쳤다.

클린업 트리오 중 가장 먼저 타석에 들어설 수 있다는 건 여러모로 이점이 있었다.

황철민은 가급적이면 자신의 앞에 주자가 쌓여지길 바랐다.

솔로 홈런보다는 투런, 쓰리런 홈런을 때려 줘야 대회 MVP 경쟁에서도 한발 앞서 나갈 수 있었다.

하지만 믿었던 1번 타자 김일중은 4구째 헛스윙 삼진으로 물러나 버렸다.

2번 타자 진영수는 쓸데없이 초구를 건드려 2루 땅볼.

순간 관중석이 술렁거렸다.

출루율 7할을 자랑하던 경복고등학교 테이블 세터가 대회 최초로 한 이닝 연속 아웃을 당한 것이다.

"너 뭐 하냐?"

황철민이 어이없다는 얼굴로 진영수를 노려봤다.

"시팔. 나도 몰라."

진영수가 괜히 짜증을 냈다.

표정을 보아하니 무슨 공인지도 모르고 당한 모양이었다.

"병신 새끼."

황철민이 눈살을 찌푸렸다.

자신 없으면 투구 수라도 늘릴 것이지 초구를 건드리고 난리란 말인가.

그야말로 한심스럽기 짝이 없었다.

김일중과 엮어서 경복고등학교 막강 테이블 세터로 불리고 있긴 하지만 진영수는 자신들과는 급이 달랐다.

그저 김일중과 좌타 3인방의 사이에 껴서 수혜를 누리는 것뿐이었다.

"뭐 차라리 잘됐네. 투 아웃이니까 날 거르진 않겠지."

황철민이 자신만만한 얼굴로 타석에 들어섰다.

어디 그 잘난 속구를 던져 봐라.

말은 하지 않았지만 실룩거리는 입꼬리가 그렇게 떠들어 댔다.

'살짝 위험한데.'

곁눈질로 황철민을 살피던 이만호가 체인지업 사인을 냈다.

찜찜한 기분을 떠나 황철민은 봉황기에서 가장 뜨거운 타자 중 한 명이었다.

4할의 타율과 9할에 가까운 장타율.

4개의 홈런은 전체 타자들 중 첫 손에 꼽힐 정도였다.

사인을 확인한 한정훈이 가볍게 고개를 끄덕거렸다.

그렇지 않아도 연속으로 포심 패스트볼을 3개나 던지고 있었다.

중심 타자인 만큼 한 타이밍 쉬어가는 것도 나쁘지 않았다.

글러브 안에서 그립을 고쳐 쥔 뒤 한정훈이 포심 패스트볼을 던지듯 힘차게 팔을 내질렀다.

후앗!

패스트볼처럼 날아들던 공이 홈 플레이트를 앞두고 꺾이듯 떨어졌다.

그 절묘한 변화에 황철민은 내밀려던 방망이를 멈춰 세웠다.

'이놈 봐라?'

황철민이 제법이라는 눈으로 한정훈을 바라봤다.

김순호 코치에게 듣기로 한정훈의 체인지업은 별 볼 일 없다고 했는데 막상 보니까 수준급이었다.

하지만 황철민은 크게 동요하지 않았다.

체인지업이 들어왔다면 다음 공은 패스트볼일 터.

방망이를 더욱 단단히 움켜쥐고 호흡을 골랐다.

그런 황철민의 노림수가 표정을 타고 전부 드러났다.

그리고 그 노림수에 맞춰줄 만큼 동명고등학교 배터리는 호락호락하지 않았다.

'2구도 체인지업.'

이만호가 타자 바깥쪽으로 미트를 옮겼다.

한정훈은 이만호가 원하는 코스대로 정확하게 체인지업을 구사했다.

"스트라이크!"

심판의 스트라이크 콜과 함께 황철민의 미간이 일그러졌다.

초구에 이어 2구째도 체인지업이 들어왔다.

마치 정면 승부를 피하기라도 하는 것처럼 말이다.

'점마는 벨도 없나.'

치미는 짜증을 삼키며 황철민이 입술을 깨물었다.

2구 연속 체인지업을 던졌으니 적어도 이번에는 패스트볼이 들어올 것이라고 확신하며.

그러나 한정훈의 볼 배합은 고교야구 선수들처럼 단순하지가 않았다.

한정훈과 자주 호흡을 맞춘 덕분에 이만호의 사인도 상당히 짓궂게 변해 있었다.

'3구에 너클 커브 어때?'

이만호가 손가락 세 개를 펴 보였다.

그러자 한정훈이 피식 웃으며 고개를 흔들어 댔다.

지금까지 숨겨 왔던 너클 커브를 던져 황철민의 혼을 빼놓는 것도 나쁘진 않지만 아직은 그럴 필요가 없을 것 같았다.

'그럼 3구도 이걸로.'

이만호가 손가락 두 개를 폈다.

코스는 한가운데 낮은 쪽.

한정훈이 가장 잘 구사하는 코스였다.

가볍게 고개를 끄덕인 뒤 한정훈은 힘차게 다리를 들어 올렸다. 그리고 전력을 다해 공을 내던졌다.

그 기세가 황철민의 눈에는 포심 패스트볼을 던지는 것처럼 느껴졌다.

'나를 호구로 보나!'

한가운데로 공이 날아들자 황철민은 기다렸다는 듯이 방망이를 휘둘렀다.

코스는 타율 7할 이상의 핫 존(Hot Zone)이다.

걸리기만 하면 담장 밖으로 넘겨 버릴 수 있었다.

그런데…….

"큭……!"

마지막 순간 아름답게 꺾인 공이 미트의 웹 속으로 안기듯 빨려 들어갔다.

"스트라이크, 아웃!"

이만호가 들어 올린 미트를 확인한 심판이 지체 없이 스트라이크 콜을 외쳤다.

3구 삼진.

"크으으아아아!"

꼼짝 없이 당한 황철민의 입에서 정체불명의 포효가 터졌다.

하지만 정작 한정훈은 황철민 쪽으로는 눈길조차 주지 않았다.

9

"쪽팔리게 뭐 하냐?"

"잘하는 짓이다."

황철민이 허무하게 더그아웃으로 돌아오자 이승후와 민병훈이 기다렸다는 듯이 놀려댔다.

"시끄러! 비겁한 새끼가 도망치는데 나더러 어쩌라고?"

황철민은 흥분을 감추지 못했다.

삼진을 먹은 것보다 한정훈이 정면승부를 피했다는 사실이 마음에 들지 않은 모양이었다.

하지만 이승후와 민병훈에게 그깟 변명이 통할 리 없었다.

"됐고, 넌 글러브하고 스파이크 포기해라."

"잘 봐라. 이 형이 먼저 한 방 때릴 테니까."

이승후와 민병훈은 황철민이 욕심을 부리다 당한 것이라고 여겼다.

자신들의 차례가 오면 적어도 황철민처럼 멍청하게 당하지는 않겠다며 호언장담했다.

하지만 두 사람이라고 해서 다를 건 없었다.

"스트라이크, 아웃!"

"스트라이크, 아웃!"

포심 패스트볼과 체인지업을 섞어 던진 한정훈의 영악한 피칭에 연신 헛방망이질만 하고 물러났다.

"큭, 니들 뭐하냐?"

황철민이 쌤통이라며 웃어댔다.

혼자만 삼진을 당한 것 같아 창피했는데 이승후와 민병훈까지 물을 먹으니 신이 난 얼굴이었다.

"너 쪽팔릴까 봐 삼진 당해준 거다."

"의리 빼면 시체 아이가?"

이승후와 민병훈도 능청스럽게 받아 넘겼다.

열 번 중 세 번만 쳐도 잘한다는 소리를 듣는 게 타자다.

고작 삼진 한 번 당한 걸 가지고 기가 죽었다면 공포의 경복고등학교 클린업은 존재하지도 않았을 것이다.

하지만 마냥 태평한 소리를 늘어놓을 만큼 경기가 여유로운 건 아니었다.

6번 타자마저 파울 플라이로 물러나면서 2이닝 연속 삼자범퇴.

그때까지 한정훈이 던진 공은 고작 16구에 불과했다.

경기 초반임에도 한정훈은 벌써 4개의 탈삼진을 기록하고 있었다.

그것도 경복고등학교가 자랑하는 좌타 3인방을 전부 삼진으로 돌려세우는 기염을 토해냈다.

반면 한정훈에 이어 마운드에 오른 경복고등학교 선발 장원하는 지친 기색이 역력했다.

1회를 무실점으로 막긴 했지만 투구 수는 30개에 달했다.

풀카운트 승부만 4번에 볼넷 2개. 던진 공의 절반 이상이 볼 판정을 받았다.

오늘따라 특별히 컨디션이 나쁜 건 아니었다.

심판의 스트라이크존이 까다롭지도 않았다.

그보다는 동명고등학교의 타자들의 타격 스타일이 문제였다.

동명고등학교 타자들은 높은 쪽 코스의 공은 아예 건드리지도 않았다.

타자들 눈에 가장 먹음직스럽게 보인다는 가슴 높이의 공인데 말이다.

오히려 삼진을 먹어도 상관없다는 투로 방관으로 일관했다.

덕분에 볼카운트 승부가 매번 불리해지고 있었다.

만약 장원하가 제구력이 좋았다면 동명고등학교 타자들의 노림수를 역으로 이용했을 것이다.

높은 쪽 스트라이크존을 최대한 활용해 타자들을 곤욕스럽게 만들었을 것이다.

하지만 장원하의 제구 능력은 그 정도로 정교하지 않았다.

오히려 더 낮게 제구하려다 투구 폼만 흐트러졌다. 그리고 그 여파가 2회에 이어졌다.

따각!

경쾌한 소리와 함께 이만호의 타구가 좌중간으로 흘렀다.

"됐어!"

한달음에 2루까지 내달린 이만호가 더그아웃을 향해 주먹을 들어 올렸다.

6타수 1안타.

팀이 두 경기 연속 맹타를 휘두를 때 타자들 중 유일하게 1할대 타율을 기록해 따돌림(?)을 당하던 이만호가 비로소 2할 타자로 등극하는 순간이었다.

"만호 녀석이 쳤는데 내가 죽을 순 없지."

뒤이어 타석에 들어선 김인수는 바깥쪽으로 말려오는 패스트볼을 결대로 밀어 쳐 1, 2루 간을 꿰뚫었다.

순식간에 무사 주자 1, 3루의 찬스가 만들어졌다.

마운드에 한정훈이 있다는 걸 감안한다면 오늘 경기를 리드할 수 있는 절호의 기회가 찾아온 것이다.

당연하게도 잠자코 있던 강혁이 자리에서 일어나 사인을 내기 시작했다.

"스퀴즈라 이거지?"

동명고등학교의 더그아웃을 바라보던 경복고등학교 이원일 감독이 피식 웃었다.

그는 강혁이 스퀴즈 사인을 냈다고 확신했다.

무사 1, 3루 찬스이긴 하지만 9번 타순이다.

게다가 3루 주자는 걸음이 느린 포수다.

괜히 강공을 지시했다가 짧은 땅볼이 나오면 홈 플레이트는 밟아보지도 못하고 3루 주자가 협살당할 수 있었다.

"하긴. 나 같아도 스퀴즈를 냈겠지."

이원일 감독이 씩 웃었다.

솔직히 작전으로 점수를 쥐어짜내는 건 이원일 감독의 전매특허였다.

고교야구계의 여우라는 별명이 괜히 붙은 게 아니었다.

그리고 상황에 맞게 작전을 낼 수 있다는 건 반대로 상대의 작전을 읽을 수 있다는 의미이기도 했다.

'내야수 전진. 1, 3루 압박 수비.'

이원일 감독도 지지 않고 패를 꺼내 들었다.

고교야구 선수치고 스퀴즈 번트를 대담하게 댈 수 있는 선수는 극히 드물었다.

내야수가 전진한 상황에서 1루수와 3루수가 동시에 달려든다면 평범한 땅볼이 나올 공산이 컸다.

그때 타구를 잘만 처리한다면 3루 주자를 묶은 채로 병살을 유도할 수 있었다.

이원일 감독의 지시를 받은 경복고등학교 내야수들이 서너 발자국 씩 안쪽으로 들어왔다.

그러자 번트 자세를 취하던 이진석의 얼굴에도 긴장감이 번졌다.

포수는 장원하에게 높은 쪽 패스트볼을 요구했다.

장원하가 투구한 공이 스트라이크존 상단을 통과하는 만큼 특별할 것도 없는 주문이었다.

장원하는 사인대로 공을 던졌다.

그와 동시에 1루수와 3루수가 으르렁거리며 달려들었다.

'좋았어!'

상황을 지켜보던 이원일 감독의 얼굴에 웃음이 번졌다.

하지만 그 웃음은 고작 0.5초 만에 사라져 버렸다.

따각!

번트를 댈 것처럼 굴던 이진석이 자세를 바꿔 공을 쳐냈다.

그리고 타구는 하필이면 달려들던 1루수 옆을 스쳐 내야를 빠져나갔다.

"뛰어! 뛰어!"

3루 주자 이만호는 여유롭게 홈인.

1루에 있던 김인수는 3루까지 들어갔다.

또다시 무사 1, 3루 상황.

그리고 타석에는 최창오를 만나 환골탈태한 황보연이 들어섰다.

8타수 5안타.

6할 7푼 5리의 타율.

그리고 6득점.

동명고등학교 공격의 물꼬를 터 왔던 황보연의 앞에 오랜만에 밥상이 차려져 있었다.

하지만 황보연은 욕심을 부리지 않았다.

장원하의 투구 궤적과 자신의 스윙이 이상하리만치 엇맞는다는 걸 전 타석에서 확인했기 때문이다.

공형빈이 졸업하면서 그토록 염원하던 1번 타순에 들어왔지만 황보연은 작년까지 하위 타선에서 찬스를 이어가는 역할을 맡아왔다.

그리고 그 임무는 언제든 수행할 준비가 되어 있었다.

'진루타라도 치자.'

황보연은 무리하지 않고 1, 2루 간으로 타구를 잡아당겼다.

발 빠른 이진석은 2루에 안착. 그 사이 3루 주자 김인수는 홈인.

아웃 카운트와 점수를 맞바꾸며 스코어는 2 대 0으로 벌어졌다.

"나이스 배팅."

한정훈은 가장 먼저 황보연을 반겼다.

황보연이 욕심 부리지 않고 팀배팅을 해준 덕분에 귀한 추가점이 만들어졌다.

투수에게 있어 한 점 차이와 두 점 차이는 느낌부터 달랐다.

한 점 차 리드는 살얼음판을 걷는 기분이었다.

언제든 큰 것 한 방에 동점이 될 수 있으니 투구 하나 하나가 신경 쓰일 수밖에 없었다.

반면 두 점 차 리드부터는 달랐다.

주자를 쌓아두지만 않는다면 큰 부담이 없었다.

실투로 솔로 홈런을 허용해도 계속해서 리드를 이어갈 수 있었다.

게임으로 치자면 추가 생명을 하나 더 받고 싸우는 기분이었다.

'됐어, 됐어.'

한정훈은 더 이상의 점수는 바라지 않았다.

오히려 승부처에서 집중해 준 타자들이 고맙기만 했다.

하지만 동명고등학교 타자들은 이쯤에서 멈출 생각이 전혀 없었다.

딱!

숨 돌릴 새도 없이 2번 타자 박건호의 적시 2루타가 터져 나왔다.

2루 주자가 홈으로 들어오며 점수는 3점 차.

"와우!"

한정훈의 입에서 절로 탄성이 터져 나왔다.

3번 강한우의 잘 맞은 타구가 큼지막한 외야 플라이로 변하면서 이닝이 끝나는 듯했다.

그러나 동명고등학교에는 4번 장성민이 있었다.

따앙!

장원하의 초구를 받아친 장성민의 타구가 라이너성으로 펜스를 넘기며 순식간에 점수를 다섯 점 차로 벌어졌다.

뒤이어 조인식과 김선인이 사사구로 출루해 긴장감을 높였다.

이만호가 땅볼을 쳐 주지 않았다면 대량의 추가점이 나올 분위기였다.

5점이라는 점수를 등에 업은 한정훈은 경복고등학교의 하위 타선을 맞아 깔끔하게 삼자범퇴로 틀어막았다.

타자들의 선전에 보답하듯 삼진 두 개를 곁들였다.

3이닝 6탈삼진.

공수에 걸쳐 경복고등학교를 굴욕 속에 빠뜨렸다.

이어진 3회 말 공격에서는 잠잠하던 황보연마저 터졌다.

무사 2, 3루 위기에 몰린 장원하를 구원 등판한 조민기의 3구를 통타해 싹쓸이 3루타를 때려 낸 것이다.

바뀐 투수 최성훈이 박건호와 강한우를 잡아냈지만 장성민의 벽을 넘지 못했다.

딱!

물이 오를 대로 오른 장성민의 타구가 또다시 펜스를 넘어갔다.

순간 관중석이이 크게 술렁거렸다.

스코어는 9 대 0.

여기시 한 점만 더 난다면, 5회 콜드 게임으로 경기가 끝나게 될 가능성이 만들어진다.

"이렇게 된 거 조인식이 한 방 터뜨려 줬으면 좋겠군."

기자석에서 경기를 지켜보던 최일식이 혼잣말처럼 중얼거렸다.

동명고등학교가 정말로 5회에 콜드게임 승리를 거두게 된다면?

3연속 선발 등판으로 피로가 누적된 한정훈에게도 큰 도움이 될 터였다.

물론 이 타이밍에 조인식이 홈런을 때려내기란 쉽지 않아 보였다.

체격 조건만 놓고 보자면 거포의 이미지였지만 정작 조인식은 중장거리형 타자였다.

발도 빠르지 않아서 2루타 이상의 장타를 기대하는 건 무리였다.

게다가 조인식의 다음 타자는 오늘 처음으로 선발 출장한 김선인이다.

경복고등학교 배터리가 체구도 작고 컨택형 타자인 김선인을 놔두고 장타력을 갖춘 조인식과 굳이 승부를 볼 것 같진 않았다.

"아쉽지만 여기까지인가."

최일식이 입맛을 다셨다.

한정훈이 3게임 연속 5이닝 완봉승을 거두는 모습을 보고 싶었는데 쉽지 않을 것 같았다.

그때였다.

따악!

조인식이 시원스럽게 쳐올린 공이 쭉쭉 뻗어 좌측 담장을 넘겨 버렸다.

경복고등학교 배터리가 성급하게 승부를 걸어온 공을 조인식이 놓치지 않은 것이다.

"까앗!"

최일식의 옆자리에 앉아 있던 한예리의 입에서 소녀 팬 같은 탄성이 터져 나왔다.

백 투 백 홈런!

이로써 점수는 10 대 0.

기어코 5회 콜드게임 스코어가 만들어진 것이다.

"한정훈 선수가 앞으로 2이닝만 더 막아내면 콜드 게임인 거죠?"

한예리가 확인하듯 최일식을 바라봤다. 그러자 최일식이 재빨리 검지를 입가에 가져다 댔다.

"쉿, 조용히."

경기를 취재하는 기자들 중 대놓고 동명고등학교를 응원하는 건 한예리밖에 없었다.

중립을 지키는 일부 기자를 제외하고 나머지는 다들 경복고등학교가 이기길 바라고 있었다.

이유는 간단했다. 전통의 강호 경복고등학교가 4강 이상에 진출해야 그림이 좋아지기 때문이었다.

안성민이 빠졌음에도 기자들은 경복고등학교를 우승 후보로 꼽는 데 주저하지 않았다.

아마 야구 최고의 전문가로 꼽히는 최일식의 생각도 크게 다르지 않았다.

약해진 투수력을 커버하고도 남을 화끈한 화력은 고교 최강급이었다.

투수가 실점해도 곧바로 득점으로 응수하는, 흔히들 말하는 이기는 법을 아는 팀이었다.

고교야구의 흥행을 위해서라도 경복고등학교 같은 팀이 좋은 성적을 내 주어야 했다.

안성민이 작년 한 해 언론의 주목을 독차지했던 것도 성적이 좋은 경복고등학교 소속이었기 때문이다.

그런데 우승 후보 경복고등학교가 지금 볼썽사납게 탈락의 위기에 몰려 있었다.

그것도 조찬수의 졸업 이후로 C그룹으로 분류된 동명고등학교에게 말이다.

고교야구 최대 포털 사이트인 HB닷컴에서는 공식 경기 결과를 바탕으로 전국 고교야구팀의 순위를 평가한다.

경복고등학교는 고교 랭킹 6위에 올라 있었다.

소속 그룹은 S그룹. 같은 S그룹 간 맞대결이 없다면 무난하게 결승에 오를 수 있는 전력이었다.

반면 동명고등학교는 전체 38위로 뒤처져 있었다.

조찬수를 비롯해 선발 3인방을 앞세우고도 작년에 전국대회에서 이렇다 할 성적을 내지 못한 탓에 순위가 대폭 하락한 것이다.

6위와 38위의 싸움이라면 경기 결과는 뻔한 것이다.

HB닷컴이 철저하게 경기 결과와 데이터만을 바탕으로 한 랭킹 시스템을 구축해 놓았기 때문에 이변이 일어날 가능성은 극히 드물었다.

하지만 애석하게도 HB닷컴의 봉황기 업데이트는 이번 4라운드가 끝난 직후로 잡혀 있었다.

당연하게도 38위, C그룹에 분류된 동명고등학교의 전력 속에 한정훈은 없는 것이다.

'그리고 오늘 경기가 이대로 끝난다면, HB닷컴 게시판들이 뜨겁게 불타오르겠지.'

입가에 번지려는 웃음을 억누르며 최일식이 경기에 집중했다. 아직 경기는 끝난 게 아니다.

5회 콜드 게임 승리를 달성하기 위해서는 앞으로 2이닝을 더 막아내야 했다.

4회 초 경복고등학교의 공격은 1번 타자부터 시작이다.

승패는 이미 기울었다 하더라도 이원일 감독 성격상 이대로 당하고 있지는 않을 것 같았다.

아니나 다를까.

딱.

한정훈이 초구를 던지기가 무섭게 1번 타자 김일중이 3루 선상으로 기습 번트를 시도했다.

퍽!

홈 플레이트를 때린 공이 파울 라인 바깥쪽으로 흘렀다.

그 타구를 눈으로 확인한 3루수 박건호가 여유를 갖고 움직였다.

그런데……!

"젠장할!"

파울 라인 바깥쪽 돌멩이에 걸린 공이 마지막 순간에 필드 안으로 꺾여 들어왔다.

박건호가 타구를 잡았을 때는 이미 김일중이 1루에 도착한 뒤였다.

공식 기록은 내야 안타.

자연스럽게 상암고등학교전부터 이어져 오던 한정훈의 13이닝 연속 노히트 기록이 깨지고 말았다.

"정훈아, 진짜 미안하다."

공을 건네며 박건호가 어쩔 줄을 몰라 했다.

자신이 조금만 더 적극적으로 대시했다면 좋았을 텐데.

파울 라인을 벗어난 타구를 재빨리 캐치했다면 안타가 되지 않았을 텐데.

수많은 자책이 표정을 통해 드러났다.

강혁이 박건호를 3루수로 세운 이유도 이런 상황을 대비하기 위해서였다.

그런데 방심하다 안타를 만들어버렸으니 입이 열 개라도 할 말이 없었다.

그러나 한정훈은 괜찮다며 오른손을 들어 올렸다.

솔직히 박건호의 실수라기보다는 김일중에게 행운이 따랐다고 봐야 했다.

'별거 아냐. 타자들이 열 점이나 벌어줬는데 뭐가 문제야?'

찜찜한 기분을 로진백과 함께 털어낸 뒤 한정훈은 투수판을 밟았다.

그러자 2번 타자 진영수가 기다렸다는 듯이 번트 자세를 취했다.

한정훈은 살짝 미간을 찌푸렸다. 점수는 열 점 차다.

이 상황에서 희생 번트를 대서 주자를 득점권에 보내 봐야 큰 의미가 없었다.

하지만 5회 콜드 게임을 감안하면 충분히 가능한 작전이기도 했다.

10점 차 리드를 9점으로만 좁혀도 경기를 7회까지 끌고 갈수 있었다.

그렇게 되면 경복고등학교 좌타 3인방에게 한 차례씩 기회가 더 돌아올 것이다.

타격의 팀이라 불리는 경복고등학교 입장에서는 그 자체만으로도 반격의 발판을 마련하는 셈이었다.

고심하던 한정훈이 슬쩍 더그아웃을 바라봤다.

100퍼센트 확신이 들지 않는다면 코칭스태프의 의견을 따르는 게 현명했다.

한정훈의 시선을 받은 강혁이 다시 박용혁을 불러 뭔가를 지시했다.

잠시 후 박용혁이 손을 들어 내야수들에게 들어오라는 신호를 보냈다.

전진 수비.

2회 말 경복고등학교가 했던 것처럼 압박 수비를 통해 상대의 작전을 차단하겠다는 전략이었다.

사인을 확인한 한정훈은 고개를 끄덕였다.

변수는 남아 있지만 강혁이 적절한 판단을 내렸다고 생각했다.

그러나 정작 강혁은 불안한 듯 볼펜을 꾹 움켜쥐고 있었다.

'강공이더라도 1루 쪽으로 타구가 가지 말아야 할 텐데…….'

선글라스를 낀 강혁의 시선이 1루 베이스 앞쪽으로 들어온 조인식에게 향했다.

상대가 정석대로 번트를 대준다면 좋겠지만 만에 하나 페이크 번트 앤드 슬러시로 돌아선다면 조인식이 지키고 있는 1루가 가장 불안해 보였다.

그런 강혁의 생각을 훔쳐 읽기라도 한 것일까.

딱!

진영수가 이를 악물고 쳐낸 타구가 하필 조인식의 정면으로 날아들었다.

기존의 수비 위치였다면 가슴 앞에서 잡아낼 타구였다.

그러나 전진 수비를 한 탓에 타구가 조인식의 얼굴 쪽으로 뻗어 올랐다.

퍽!

조인식이 반사적으로 미트를 들어 올렸다.

다행히 얼굴은 보호했지만 미트 윗부분을 맞은 타구는 페어 라인 쪽으로 튕겨져 나갔다.

2루수 김선인이 재빨리 공을 따라갔지만 소용없었다.

경복고등학교가 자랑하는 발 빠른 테이블 세터는 여유롭게 3루와 2루에 안착한 상태였다.

무사 2, 3루.

경복고등학교에게 처음으로 득점 기회가 찾아왔다.

"와아아아!"

"최강 경복!"

잠잠했던 경복고등학교 응원단이 들썩거리기 시작했다.

"타임."

이만호가 재빨리 흐름을 끊고 마운드 쪽으로 달려갔다.

혹시라도 한정훈이 흔들리지나 않을까 걱정한 것이다.

하지만 정작 한정훈은 덤덤한 얼굴이었다.

올 초 대학야구팀을 상대로 따끔하게 예방 주사를 맞은 게 효과가 있는 모양이었다.

야수들의 실책성 플레이에 내주지 않아도 될 점수를 내주고 패전의 멍에를 쓴 기억이 아직도 생생했다.

그때에 비한다면 지금 상황은 무척이나 양호한 편이었다.

"뭐하러 왔냐. 다리 아프게."

"쳇. 괜히 왔네."

"알면 얼른 돌아가라. 인식 선배 눈치 보인다."

"그래도 기왕 왔는데 숨은 좀 돌리자."

"거기서 여기까지 얼마나 된다고 숨을 돌려. 호들갑 떨지 말고 내려가. 한 점도 안 내줄 테니까."

한정훈의 단호한 표정에 이만호가 씩 웃어 보였다.

그래. 이래야 한정훈이지.

아주 잠깐, 흔들렸던 에이스에 대한 신뢰가 다시 굳건해졌다.

"맘껏 던져."

한정훈의 엉덩이를 시원스럽게 때려준 뒤 이만호가 포수석으로 돌아왔다.

그사이 연습 스윙을 마친 황철민이 천천히 타석에 들어섰다.

'설마 또 체인지업을 던지진 않겠지.'

방망이를 짧게 잡은 황철민은 패스트볼이 오기를 기다렸다.

자신의 타석에서는 단 한 번도 오지 않았던, 안성민과 비교해 대던 그 패스트볼 말이다.

그러나 초구는 바깥쪽으로 절묘하게 제구가 되는 체인지업이었다.

'아! 쫌!'

황철민이 얼굴을 와락 일그러뜨렸다.

진짜 할 수만 있다면 투수 녀석의 멱살이라도 잡아 비틀어 버리고 싶을 정도였다.

하지만 그랬다간 패스트볼은 구경조차 하지 못하고 퇴장당하고 말 것이다.

"후우……."

힘겹게 숨을 고르며 황철민이 방망이를 고쳐 잡았다.

그 모습을 힐끔 쳐다보던 이만호가 황철민 쪽으로 바짝 붙어 앉았다.

코스는 몸 쪽. 손가락은 하나.

사인을 확인한 한정훈은 일부러 팔을 늘어뜨렸다.

'이번에도 체인지업 던질 거야'라고 말해주는 것처럼 말이다.

'점마가 진짜.'

황철민이 빠득 이를 갈았다. 만약 이번에도 체인지업을 던진다면 그냥 넘기지 않을 생각이었다.

그러나 정작 날아든 공은 황철민이 그토록 기다리던 포심 패스트볼이었다.

파앙!

순식간에 홈 플레이트를 지나친 공이 이만호의 미트 속으로 빨려 들어갔다.

"크으으!"

황철민이 방망이를 움켜쥔 채로 바들거렸다.

칠 수 있었는데. 칠 수 있었는데.

마치 한복판에 들어오는 실투라도 놓친 듯한 표정이었다.

'이 자식, 뭐야?'

이만호는 그저 어이가 없었다.

패스트볼을 보여 주면 바짝 긴장할 줄 알았는데 저런 반응이 나올 줄은 전혀 예상하지 못했다.

그렇다고 한정훈의 패스트볼이 밋밋하게 들어온 건 결코

아니었다.

구속은 148km/h에 불과했지만 완벽하게 제구가 되었다.

그런데 마치 충분히 칠 수 있는 공을 놓친 것처럼 굴다니. 이번 기회에 본때를 보여 주고 싶어졌다.

'정훈아, 이번 공은 이거다.'

한정훈에게 공을 돌려준 뒤 이만호가 손가락 네 개를 펴 보였다.

공식적으로 한정훈이 던지는 구종은 세 개뿐이었다.

포심 패스트볼과 체인지업. 그리고 잠시 봉인한 너클 커브.

강혁과 함께 네 번째 구종 찾기에 열을 올리고 있지만 아직 공식전에서 쓸 만한 건 없었다.

하지만 사인을 받은 한정훈은 문제없다며 고개를 끄덕거렸다.

그리고 곧장 포수 미트를 향해 공을 내던졌다.

후아앗!

빠르게 날아든 공이 포심 패스트볼의 궤적을 그렸다. 순간 황철민이 눈을 부릅떴다.

온다! 온다! 드디어 온다!

그것도 한가운데!

한정훈이 자신을 우습게 여기고 한가운데로 패스트볼을 던진 것이라고 확신한 것이다.

'째린다!'

홍분할 때마다 튀어나오는 사투리를 곱씹으며 황철민이 번개처럼 방망이를 휘둘렀다.

이대로 방망이 중심에 공을 맞추기만 한다면……! 안성민의 글러브와 스파이크는 자신의 차지가 될 터였다.

하지만 그 허황된 꿈은 눈 깜짝할 사이에 물거품으로 바뀌어버렸다.

"……!"

타격 직전에 솟아 오른 패스트볼의 궤적에 황철민의 방망이가 허공을 가르고 만 것이다.

"스트라이크, 아웃!"

"나이스 볼!"

심판의 삼진 콜에 이어 이만호의 짓궂은 목소리가 황철민을 놀리듯 울려 퍼졌다.

그러나 정작 황철민은 정신이 하나도 없었다.

설마하니 한정훈이 라이징 패스트볼을 던질 거라고는 생각조차 하지 못한 얼굴이었다.

"뭐야? 아까 그거 뭐였어?"

다음 타자인 이승후가 다급히 황철민을 붙잡았다.

황철민을 삼진으로 돌려세운 패스트볼은 지금까지의 패스트볼과 느낌이 달랐다.

"시팔, 나도 몰라."

황철민은 그저 입술만 깨물었다.

한정훈의 패스트볼쯤은 언제든 담장을 넘길 수 있다고 큰 소리치던 사람이 맞나 싶을 정도였다.

"됐다. 그럴 수도 있지."

이승후가 신경 쓰지 말라며 황철민을 격려했다.

대회 MVP를 노리고 있지만 황철민이라고 해서 매번 안타와 홈런을 칠 수 있는 건 아니었다.

오늘 경기 전까지 황철민의 타율은 정확하게 4할이었다.

그걸 바꿔 말한다면 10번 중 6번. 5번 중 3번은 아웃을 당한다는 소리였다.

타자라면 누구든지 감내해야 하는 아웃 카운트에 특별한 의미를 부여할 필요는 없었다.

게다가 득점 기회는 이어지고 있었다.

원아웃이 됐지만 주자는 여전히 2, 3루 상황.

여기서 외야에 큼지막한 플라이 하나만 쳐내도 5회 콜드게임의 치욕을 막을 수 있었다.

'내가 하나만 치면 된다.'

속으로 주문을 외우며 이승후가 타석에 들어섰다. 부담감이 없다고 하면 거짓말이겠지만 애써 털어냈다.

명색이 경복고등학교의 4번 타자다.

황철민이 4라는 숫자를 싫어해서 대신 4번 타자를 맡았다는 우스갯소리를 그만 들으려면 이 기회에 확실히 보여줘야 했다.

'1구는 체인지업. 2구는 평범한 패스트볼. 그리고 3구는 이상한 패스트볼. 이상한 패스트볼이 결정구라면 투 스트라이크 이전에 승부를 봐야 한다.'

이승후는 빠르게 전략을 세웠다. 타격 센스는 황철민에게 밀리고 장타력은 민병훈만 못했지만 경복고등학교의 4번을 치고 있는 건 노림수를 바탕으로 한 게스 히팅이 가능하기 때문이었다.

'3회부터 초구는 전부 까다로운 패스트볼이 들어왔다. 이번에도 마찬가지겠지.'

이승후는 패스트볼로 짐작되는 초구를 지켜보기로 마음먹었다.

첫 타석에서 바라본 한정훈의 패스트볼은 상당히 날카로웠다. 약간 퍼져 나오는 스윙으로 그 패스트볼을 정타로 만들어낼 자신은 없었다.

파앙!

이승후의 예상대로 초구는 포심 패스트볼이 날아들었다.

무릎을 날카롭게 파고드는 공은 감히 방망이를 내밀 생각조차 하지 못하게 만들었다.

그러나 이승후는 침착하게 다음 공을 기다렸다.

그의 머릿속에 떠오른 구종은 체인지업.

황철민과 볼 배합이 겹치지 않으면서 3구에 던질 이상한 포심 패스트볼의 위력을 극대화시킬 구종은 체인지업밖에 없었다.

초구에 몸 쪽 패스트볼을 던졌으니 2구는 바깥쪽일 가능성이 높았다.

'가볍게. 결대로 밀어치자.'

호흡을 고르며 이승후가 2구를 기다렸다. 그런데…….

"……!"

한정훈의 손끝을 따라 나온 공이 얼굴 쪽으로 날아들었다.

'이런 시팔!'

이승후는 반사적으로 몸을 젖혔다. 하지만 정작 공은 역으로 휘어 바깥쪽 코스로 뚝 떨어졌다.

써드 피치 너클 커브.

녀석이 공식 경기에서 처음으로 모습을 드러냈다.

"스트라이크!"

공이 스트라이크존에 걸쳤다는 걸 확인한 심판이 주먹을 움켜쥐었다.

볼 카운트 2-0.

황철민에 이어 이승후까지 핀치에 몰리는 신세가 되고 말았다.

'당했다.'

이승후는 머릿속이 복잡해졌다.

황철민을 삼진 잡은 패스트볼만으로도 골치가 아픈데 요상한 커브까지 추가가 되었다.

이 상황에서 다음 공을 예측한다는 것 자체가 불가능해 보였다.

'커브나 체인지업에 타이밍을 맞추면 패스트볼은 절대 못 친다.'

애써 생각을 정리한 이승후가 방망이를 단단히 움켜쥐었다.

변화구는 버렸다. 지금은 패스트볼 하나만 노리기도 버겁게 느껴졌다.

그런 이승후를 향해 한정훈은 포심 패스트볼 그립을 잡았다.

그리고 이만호가 요구하는 몸 쪽 높은 코스로 있는 힘껏 내던졌다.

후아앗!

빠르게 회전하던 포심 패스트볼이 막판에 치솟았다.

궤적을 놓친 이승후가 어떻게든 걷어내려 했지만 방망이를 스친 공은 이만호의 미트 속으로 빨려 들어가 버렸다.

파울 팁. 아웃.

"후우……."

결과를 확인한 이승후가 절레절레 고개를 흔들어 댔다.

이렇게 대단한 상대인 줄도 모르고 막무가내로 덤볐다는 게 그저 부끄럽기만 했다.

2사 이후 타석에 들어선 마지막 희망 민병훈도 한정훈을 공략해 내지 못했다.

2구째 몸 쪽으로 떨어지는 체인지업을 걷어 올리는 데까지는 성공했지만 애석하게도 타구는 내야를 벗어나지 못했다.

결과는 유격수 플라이 아웃.

"하아."

"젠장할."

혹시나 하는 마음에 홈까지 내달렸던 김일중과 진영수가 더그아웃으로 무거운 발걸음을 잡아끌었다.

10

패색이 짙어지면서 경복고등학교 응원단은 잠잠해졌다.

"와, 진짜 경복고 감독은 뭐 하는 거야?"

"이대로 정말 끝나는 거야? 어?"

내심 경복고등학교를 응원하던 기자들도 마찬가지. 하나

같이 기운이 빠진 표정들이었다.

물론 콜드 게임까지는 아직 한 이닝이 남아 있었다. 그러나 분위기로 봐서는 5회에 득점을 하기가 어려워 보였다.

솔직히 1번부터 시작되는 이번 4회야말로 경복고등학교가 점수를 낼 절호의 기회였다.

그런데 믿었던 좌타 3인방이 한정훈에게 또다시 무릎을 꿇고 말았다.

덕분에 무사 2, 3루에서 시작한 찬스가 잔루로 남겨졌다.

점수야 낼 때도 있고 못 낼 때도 있다지만 허무함은 삭힐 방법이 없었다.

경복고등학교가 자랑하는 좌타 3인방이 무사 득점권 찬스를 날렸다는 사실이 도저히 믿어지지가 않았다.

"승후 녀석, 4번이면 뭔가 하나 해줬어야지. 그걸 하나 못 치나?"

"철민이는 어떻고. 그놈의 욱하는 성질머리 좀 고치라니까"

"병훈이가 문제라니까. 그 녀석 힘만 좋지 타격 기술은 형편없잖아. 거기서 유격수 플라이가 대체 왜 나오는데?"

기자들은 돌아가며 좌타 3인방을 씹어 댔다.

좌타 3인방의 부진 때문에 경기가 이 모양 이 꼴이 됐다고 떠들어 댔다.

그러나 최일식은 기자들의 헛소리에 조금도 동의해 주고

싶지 않았다.

"멍청한 놈들. 애들이 문제가 아냐. 한정훈이 대단한 거라고."

최일식은 노트북을 열고 기사 초안 작성을 시작했다.

4회 말 동명고등학교의 공격과 5회 초 경복고등학교의 공격이 남아 있지만 5회 콜드 게임이라는 결과가 달라지진 않을 것 같았다.

동명고 에이스 한정훈, 경복고의 막강 타선 잠재워.

"흠……."

안성민을 언급할까 했던 최일식이 이내 고개를 저었다.

한정훈과 안성민을 라이벌 구도로 끌고 가면 좋겠지만 무기한 자격 정지 처분을 받은 선수를 자꾸 언급하는 건 실례 같았다.

게다가 조금 전 경복고등학교의 좌타 3인방을 상대했을 때 한정훈이 보여준 피칭은 확실히 안성민보다 위력적으로 느껴졌다.

"그나저나 요 녀석은 커브를 왜 이제야 던진 거야? 그리고 막판에 그 공은 뭐였지? 분명 타이밍은 맞은 것 같은데 치질 못하다니. 설마 라이징 패스트볼이라도 던지는 건가?"

한참 기사를 쓰던 최일식이 고개를 갸웃거렸다. 이럴 줄 알았으면 수습기자 하나 데려와서 카메라를 들리는 건데. 한정훈이 보여줄 게 더 남아 있다는 사실을 눈치채지 못한 게 한스러울 지경이었다.

그때였다.

지이이잉. 지이이잉.

주머니에 넣어두었던 핸드폰이 요란스럽게 울렸다.

"아, 씨. 회사네."

최일식이 어쩔 수 없다는 얼굴로 통화 버튼을 눌렀다.

만약 시답잖은 이유로 전화를 걸었다면 냉큼 끊어버릴 요량이었다.

하지만 회사에서 들려준 소식은 그의 예상 범위를 완전히 빗나가 버렸다.

한일 고교 대항전의 부활.

감독으로 KBA에 발을 담근 박찬오가 이번에 제대로 한 건 해낸 모양이었다.

"그게 정말입니까? 아, 네. 알겠습니다. 최대한 빨리 기사 작성하겠습니다."

통화를 마친 최일식의 머릿속이 바빠졌다.

일정은 늦어도 6월 중순.

아직 정확한 참가 팀과 경기 방식이 정해진 건 아니지만 일본에서 열리는 만큼 한국은 단일팀을 내보낼 가능성이 높았다.

　'박찬오 감독이 인기 좀 끌자고 단발성 이벤트를 만들지는 않았을 테고. 제대로 하겠다면 일본에서 서너 경기는 치를 텐데……. 그럼 봉황기 우승팀만으로는 어렵겠지?'

　6월에 있을 황금사자기가 한일 고교 대항전 일정과 겹친다고 가정했을 때 우승 팀 프리미엄을 부여할 수 있는 대회는 봉황기뿐이다.

　탁상공론밖에 모르는 협회의 일처리상 분명 봉황기의 4강 팀을 적당히 버무려 팀을 구성하려 할 것이다.

　우승팀에서 10명, 준우승 팀에서 5명, 나머지 4강 팀에서 3명 정도 차출하는 방식으로 말이다.

　그 외에 협회 입맛에 맞게 서너 명 정도 특별 차출이 허용될 것이다.

　하지만 그런 식으로 일을 진행하면 오늘 탈락이 확정되는 경복고등학교의 좌타 3인방은 물론이고 다음 라운드 승리가 쉽지 않은 동명고등학교의 한정훈까지 대표 선발이 어려워진다.

　아니, 협회에 경복고등학교 라인이 건재하니 좌타 3인방 중 한두 명은 특별 선발될 가능성이 있었다.

그러나 한정훈은 가망이 없었다.

최근 전국 대회 성적이 부진한 동명고등학교 투수.

그것도 1년을 통째로 쉬어 봉황기 이외에는 기록조차 없는 투수를 국가 대표로 선발해 줄 가능성은 0에 가까웠다.

물론 고교야구에 투수가 한정훈만 있는 건 아니었다.

아직 한정훈이 한국을 대표할 만한 실력을 인정받은 것도 아니었다.

하지만 한정훈을 빼고는 다들 고만고만한 느낌이 드는 게 사실이었다.

안성민이라도 있다면 모르겠지만 무기한 자격 정지를 받은 이상 한정훈 이외의 대안이 없어 보였다.

"야, 한예리. 너 나하고 일 하나 하자."

생각을 정리한 최일식이 한예리를 끌어들였다. 그렇지 않아도 최일식을 힐끔거리고 있던 한예리는 두말하지 않고 고개를 끄덕였다.

"무슨 일 하실 건데요?"

"아마 조만간 뉴스에 나오겠지만, 한일 고교 대항전이 다시 열린단다."

"한일 고교 대항전이요? 진짜 그런 대회도 있었어요?"

"지금 중요한 건 그게 아니야. 그 대회가 열리면 기다렸다는 듯이 밥숟가락 올릴 인간들이 문제지."

최일식이 한예리에게 선수 선발의 문제점에 대해 자세히 토로했다.

하지만 아마 야구 전문 기자로서의 짬이 녹아 있는 그 이야기를 한예리가 쉽게 이해할 리 없었다.

"경복고는 오늘 탈락하니까 알겠는데 한정훈 선수는 왜 안 된다는 거예요?"

"으이그, 답답아. 다음 경기가 이틀 후잖아. 그런데 한정훈을 어떻게 내보내냐?"

"왜요? 예전에는 막 연투하고 그랬잖아요."

"그건 옛날이야기고. 막말로 8강전에 한정훈을 올린다고 쳐. 그다음에 4강전은? 결승은? 이틀 쉬고 계속 내보낼 거야? 우승 한 번 해보겠다고?"

"흠……. 그건 좀 그러네요."

"좀 그런 게 아니라 해서는 안 될 짓이지. 게다가 동명고 감독이 누구야? 프로 투수 출신 강혁 아냐? 투수 코치까지 한 양반이 한정훈을 혹사시키겠어? 지더라도 보호하려고 들겠지."

"하지만 다른 투수를 내보낸다고 해서 꼭 진다는 보장은 없잖아요."

"아니, 져."

"그걸 선배가 어떻게 알아요?"

"다음 상대가 휘명고거든."

"아……. 휘명고."

최일식의 입에서 휘명고등학교가 나오자 한예리가 자신도 모르게 고개를 끄덕거렸다.

현 고교 최강 휘명고등학교.

작년 봉황기를 비롯해 청룡기와 협회장기를 석권한 데 이어 올해도 봉황기 우승 후보 1순위로 꼽히고 있는 팀이었다.

휘명고등학교의 최대 강점은 투타 밸런스가 좋다는 점이었다.

안성민에게 가리긴 했지만 초고교급 투수로 평가받는 에이스 성진우와 득점권 변태라는 별명처럼 주자만 나가면 타점을 쓸어 담는 4번 타자 강동수의 조합은 그야말로 환상적이었다.

그 외에 주전으로 뛰는 다른 선수들의 실력도 크게 처지지 않는다는 점 역시 강점으로 꼽혔다.

물론 고교 최강의 원투 펀치를 보유했다는 중흥고등학교나 화끈한 타격을 자랑하는 경복고등학교도 우승 후보로 꼽히고 있었다.

하지만 오늘 경기에서 보이듯 투수력이나 타력, 어느 한쪽으로 치우치는 팀은 상성이 맞지 않는 팀을 상대로 고전하는 경우가 종종 일어났다.

그런 점까지 감안했을 때 휘명고등학교는 확실히 다른 고등학교들보다 수준이 높았다.

어떤 컬러의 팀과 맞붙더라도 쉽게 무너지지 않는 저력을 가지고 있었다.

게다가 휘명고등학교는 동명고등학교와의 상대 전적에서도 절대적인 우위를 점하고 있었다.

"휘명은 동명 킬러야. 봄철 야구 대회에서 둘이 붙었는데 동명이 졌어. 한정훈이 선발로 등판한다고 해도 승리를 장담하기 어려운데 못 나온다면 깨질 가능성이 90퍼센트 이상이야."

말은 90퍼센트라고 하면서도 최일식의 표정은 동명고등학교의 봉황기는 다음 5라운드, 8강전까지라고 선을 긋고 있었다.

내심 동명고등학교의 선전을 바라던 한예리도 딱히 반박하지 못했다.

그만큼 5라운드 상대인 휘명고등학교는 강한 팀이었다.

"어쨌든, 동명이 이대로 8강에서 깨지면 협회는 한정훈을 절대 뽑지 않으려 들 거야. 협회에 동명고 라인은 없거든."

최일식이 분위기를 환기시켰다. 지금 중요한 건 동명고등학교와 휘명고등학교의 5라운드 결과가 아니다.

대표 선발을 협회 입맛에 맞추면 정작 실력 있는 선수들은 외면 받고 말 것이다.

그렇게 꾸려서 한국 대표라고 내놓았다가 일본 고교 팀에 형편없이 깨지기라도 한다면 그야말로 국가 망신이 아닐 수 없었다.

"선배 말은 알겠는데……. 우리가 할 수 있는 게 딱히 없잖아요. 설마 협회 찾아가서 같이 깽판이라도 치자는 소리는 아니죠?"

한예리가 난색을 보였다.

최일식이 걱정하는 바를 모르지는 않지만 기자가 협회와 척을 져 봐야 좋을 건 하나 없었다.

그러자 최일식이 황당하다는 표정을 지었다.

"소란을 왜 피워? 우리가 양아치니?"

"아니……. 선배가 꼭 싸울 것처럼 구니까요."

"물론 싸워야지. 하지만 우린 기자야. 기자는 기사로 이야기해야지. 안 그래?"

"기사요?"

"그래, 기사. 저쪽에 협회의 나팔수가 될 녀석들은 차고 넘쳤잖아? 그러니까 우리는 좀 차별성을 갖자고."

최일식은 경복고등학교의 패배 앞에 참담해하는 기자들을 싸잡아 매도했다.

물론 기자도 사람인만큼 특정 팀이나 선수를 응원할 수는 있었다.

하지만 뒷돈이라도 받은 양 저렇게 대놓고 감정을 드러내는 건 기자로서 자격이 없었다.

"와……. 선배 혹시 한정훈 선수한테 약점 잡힌 거라도 있어요?"

"내가 한정훈을 따로 만난 적이 없는데 약점은 무슨."

"그럼 혹시 한정훈 선수 팬클럽 회장이에요?"

"거 참. 자꾸 쓸데없는 소리 할래?"

"아니, 나는 선배가 한정훈 선수 싫어하는 줄 알았거든요. 그런데 갑자기 두 팔 걷어붙이고 도우려 하니까 수상해서."

한예리가 툭 던진 한마디가 최일식의 정곡을 찔러들었다.

"크흠."

최일식이 무안한 듯 헛기침을 내뱉었다.

솔직히 한정훈의 투구에 반하기 전까지 그를 듣보잡 취급했던 건 명백한 사실이었다.

하지만 그렇기 때문에 한정훈을 더 밀어주고 싶었다.

이름값에 취해 있던 자신의 썩은 눈을 개안하게 만들어줄 만큼 한정훈은 대단히 매력적인 투수였다.

그리고 이런 투수가 무럭무럭 자라서 훗날 더 큰 무대에서 활약하도록 돕는 게 바로 자신들의 역할이라고 생각했다.

"그래서 할 거야 말 거야?"

"하죠. 할게요. 그런데 계획은 있어요?"

"계획이랄 게 있냐? 오늘 경기만 보면 그림 나오잖아. 내가 먼저 윤기 나게 빨아 볼 테니까 네가 지원 사격 해라."

"윽, 꼭 표현을 해도……."

"짜식, 말이 그렇다는 거지."

최일식이 씩 웃었다.

작년 봉황기 결승전의 패전 투수였던 안성민을 전국구 고교 스타로 만든 게 바로 최일식의 작품이었다.

만약 최일식의 기사가 아니었다면 안성민은 휘명고등학교를 상대로 홀로 고군분투한 젊은 에이스가 아니라 휘명고등학교의 벽을 넘지 못하고 무너진 패전 투수로 기억됐을 것이다.

그때처럼 최일식이 작정하고 나선다면 대중들의 머릿속에 한정훈이라는 이름 석 자 박아 넣는 건 크게 어려운 일이 아니었다.

하지만 한예리는 최일식이 다 차려놓은 밥상에 숟가락만 달랑 올려놓고 싶지 않았다.

"그럼…… 제가 빨게요. 선배가 뒤 닦아요."

"……뭐? 뭘 닦아? 이게 선배 앞에서 못 하는 소리가 없네."

"왜요? 말이 그렇다면서요? 암튼 내가 먼저 기사 낼 거예요. 그래야 모양새도 살죠. 안 그래요?"

한예리의 날카로운 지적에 최일식이 헛웃음을 흘렸다.

확실히 한예리가 먼저 기사를 터뜨리고 최일식이 보조하듯 나서는 게 보기에는 좋았다.

하지만 만에 하나라도 한예리의 기사가 조금이라도 어긋나 버린다면?

한정훈은 실력을 인정받기도 전에 언론 플레이나 하는 선수로 매도당하고 말 것이다.

"너, 자신은 있는 거냐?"

최일식의 눈빛이 한결 진지해졌다.

원치 않게 한예리와 자꾸 얽히게 됐지만 그렇다고 해서 그녀의 기자적인 능력까지 완전히 인정한 건 아니었다.

"선배, 저 못 믿어요? 저 이대 나온 여자라니까요."

한예리가 걱정 말라며 까불어 댔다. 하지만 그녀의 눈빛만큼은 한 치의 장난기도 느껴지지 않았다.

"그놈의 이대 타령은. 암튼 쓰려면 제대로 써. 불안하면 나한테 먼저 초안 보내고."

"걱정 마요. 저도 그 정도 짬밥은 되니까. 그리고 기사는 말 나온 김에 지금 작성할 거예요."

최예리는 보란 듯이 노트북을 열었다.

의외로 그녀의 바탕 화면은 깔끔했다. 쓸데없는 백신 프로그램은 하나도 보이지 않았다.

대신 화면 구석에 고교야구 자료들이 폴더별로 정리가 되어 있었다.

'흠……. 말만 기자는 아니였단 말이지?'

최일식의 눈매가 살짝 누그러졌다.

한정훈의 이름만 보고 실력을 보지 못했던 것처럼 한예리의 화려한 겉모습만으로 그녀를 단정 지은 것 같아 조금은 미안한 마음이 들었다.

그런 최일식의 마음을 더욱 미안하게 만든 건 일필휘지로 휘갈기는 한예리의 기사였다.

봉황기 최고의 라이징 스타, 한정훈! 경복고의 다이너마이트 타선을 잠재우다.

일단 제목부터 깔끔했다. 대중의 시선을 잡아끄는 단어를 쓰되 과하지 않은 표현이 마음에 들었다.

기사 내용은 제목보다 더 깔끔했다.

한정훈을 메인타이틀로 걸어놓았지만 최대한 경기 내용에 입각해서 글을 작성해 나갔다.

별다른 형용어구 없이 경기 결과만으로 한정훈의 가치를 드러낸 것이다.

그러면서도 하고 싶은 말은 빼먹지 않았다.

한편 폐지되었던 한일 고교야구 대항전이 부활하면서 벌써부터 대표 선발에 관심이 모아지고 있다. 올해 치러진 전국 대회는 봉황기뿐이다. 그러나 지난해 안성민에 이어 한정훈이라는 걸출한 투수가 등장한 만큼 고교 대표팀 선발진 구성에는 차질이 없을 전망이다.

한예리는 굳이 안성민과 한정훈의 실력을 직접 비교하지 않았다. 그러면서도 안성민과 한정훈을 연달아 나열해 그 이상의 효과를 주었다.

'영악해, 아주.'

최일식이 씩 웃었다.

자신이었다면 다양한 데이터를 바탕으로 한정훈이 안성민에 밀리지 않는 투수라는 걸 부각시켰겠지만 한예리는 그 평가를 대중의 몫으로 남겨 두었다.

전문 기자들만큼 데이터적으로 접근할 자신이 없으니 무리해서 언급하지 않은 것이다.

하지만 기록이 없다고 해서 한정훈의 진가가 감춰지는 건 결코 아니었다.

모르긴 몰라도 경기가 끝나면 한정훈이 경복고등학교 좌완 3인방을 삼진으로 잡아내는 동영상이 몇 개는 올라올 것이다.

기사 말미에 해당 동영상을 첨부한다면 대중은 어렵지 않게 한정훈의 실력을 두 눈으로 확인하게 될 것이다.

그뿐인가. 자정을 기해 HB닷컴에서 봉황기 업데이트를 시작할 것이다.

자연스럽게 한정훈의 압도적인 투구 기록과 투수 랭킹이 공개될 터.

그렇게 분위기를 만든 뒤에 자신이 나서서 쐐기 기사를 올린다면……!

'좋아, 좋아. 그럼 되겠어.'

최일식의 입가에 번진 미소가 진해졌다.

그 모습이 어찌나 음흉해 보이던지 기사를 윤문하던 한예리가 흠칫 놀라며 옆으로 물러났다.

"뭐, 뭐예요? 왜 그렇게 이상하게 웃어요? 설마 지금 제 다리 보신 거예요?"

한예리가 재빨리 손으로 다리를 가렸다. 하지만 애당초 입은 게 짧은 미니스커트이다 보니 고작 그 정도로 늘씬한 다리가 전부 가려질 리 없었다.

"보, 보긴 뭘 봤다는 거야?"

졸지에 변태가 되어버린 최일식이 다급히 운동장으로 눈을 돌렸다.

때마침 마운드에는 한정훈이 올라오고 있었다.

점수는 여전히 10 대 0.

동명고등학교의 4회 말 공격이 득점 없이 끝난 모양이었다.

"이놈들아! 한 점이라도 내라!"

"이대로 콜드 게임으로 끝낼래?"

경복고등학교를 응원하는 기자들의 입에서 탄식이 터져 나왔다.

만약 5회 초 경기에서도 득점하지 못한다면 경기는 그대로 끝이 나고 말 터였다.

하지만 최일식은 경복고등학교가 득점할 가능성은 없다고 여겼다.

이어지는 타순은 6, 7, 8번.

공교롭게도 최강 공격력을 자랑하는 경복고등학교 타선 중에서 가장 약한 타순이었다.

그나마 기대를 걸어 볼 만한 선수는 6번 남창일뿐이었다. 하지만 변화구에 확실한 약점이 있는 남창일을 상대로 영리한 한정훈이 패스트볼 승부를 가져갈 것 같지는 않았다.

아니나 다를까.

"스트라이크! 아웃!"

체인지업, 커브, 체인지업으로 이어지는 3연속 변화구에 남창일이 스탠딩 삼진으로 물러났다.

"와우, 오늘 한정훈 선수 삼진이 몇 개죠?"

한예리가 감탄한 얼굴로 물었다.

경복고등학교 좌타 3인방을 상대로 5개의 삼진을 뽑아냈으니 적어도 10개는 될 것 같았다.

"어디 보자……."

최일식이 따로 메모해 두었던 기록을 살폈다.

1회에 삼진 2개, 2회에 삼진 2개 3회에 삼진 2개, 4회에 삼진 2개.

그리고 남창일까지 삼진으로 돌려 세우며 9개째.

"아직 아홉 개네."

최일식의 표정에 잠시 실망감이 감돌았다.

"에에? 겨우 아홉 개예요? 전 더 될 줄 알았는데."

"그러게. 하도 삼진만 잡아내서 나도 한 열다섯 개는 될 줄 알았다."

"에이. 선배, 그건 오버죠. 이번 이닝까지 다 삼진으로 잡아도 15개인데."

"그만큼 저 녀석이 대단하다는 소리야. 어쨌든 나머지 두 타자도 삼진으로 처리했으면 좋겠는데……."

"선배, 그건 너무 잔인한 소리 아니에요?"

"경복 입장에서는 다시는 언급하고 싶지 않을 경기일 텐데, 뭘. 그보다 한정훈이 앞으로 탈삼진 두 개만 더 잡으면 경기당 탈삼진 숫자가 딱 10개가 돼. 9.3개보다 10개가 확실히 임팩트 있잖아. 안 그래?"

두 경기 선발로 출전한 한정훈이 기록한 총 탈삼진 숫자는 19개였다.

상암고등학교를 상대로 9개. 경일고등학교를 상대로 10개를 빼앗았다.

여기에 최일식의 기대대로 경복고등학교전에서 11개의 탈삼진을 추가한다면 총 탈삼진 수는 30개가 되며 경기당 10개로 맞아 떨어진다.

이 정도면 봉황기 닥터 K라 불려도 손색이 없었다.

하지만 경기당 탈삼진 수가 많다고 해서 탈삼진 왕이 되는 건 아니었다.

모든 경기에서 탈삼진 순위는 누적 기록으로 가린다.

한정훈의 경기당 탈삼진 개수가 10개라고 해도 한정훈보다 누적 탈삼진이 1개라도 많은 선수가 순위의 윗줄에 놓이게 된다.

그래서 최일식은 한정훈이 탈삼진 30개를 꼭 채우길 바랐다.

최근 전국 대회 기준 탈삼진 1위의 평균치는 28개 전후.

29개는 살짝 불안하니 깔끔하게 30개를 채운다면 이변이 없는 한 한정훈이 탈삼진 1위 투수가 될 것 같았다.

어디 그뿐인가. 초반 라운드이긴 해도 3승을 거두었고 평균 자책점은 여전히 0점이다.

아직 8강과 4강, 결승이 남아 있으니 4승을 거두는 투수가 나올 수는 있겠지만 한정훈의 평균 자책점 1위 수성만큼은 확실해 보였다.

평균 자책점 1위에 탈삼진 1위. 그리고 3승.

이 정도 성적이면 우승팀에서 배출되는 대회 MVP는 불가능하더라도 최우수 투수상까진 노려볼 수 있을 것 같았다.

'그렇게만 되면…… 협회에서도 한정훈을 쉽게 무시하지 못하겠지.'

최일식의 뜨거운 시선이 다시 한정훈에게 향했다. 그 열기가 전해진 것일까.

"스트라이크, 아웃!"

"스트라이크, 아웃!"

한정훈은 7번 타자와 8번 타자를 연속 삼진으로 돌려세우며 경기를 마무리 지었다.

최종 게임 스코어 10-0.

라이징 스타 한정훈의 완벽한 투구 앞에 우승 후보라 불리는 경복고등학교가 침몰하고 말았다.

11

경기가 끝난 후 강혁은 이례적으로 인터뷰를 허용했다.

단, 인터뷰 대상을 자신으로 한정지었다.

전 프로 야구 선수에서 고교야구 감독으로 변신에 성공했다는 걸 자랑하고 싶어서가 아니었다.

기자들이 던질 질문이 충분히 예상되었기 때문이었다.

아니나 다를까.

"감독님, 다음 경기에서도 한정훈 선수 등판하는 겁니까?"

문제의 질문이 가장 먼저 터져 나왔다.

아직 동명고등학교의 다음 라운드 상대는 결정되지 않았다.

하지만 휘명고등학교가 올라올 것이라는 의견이 지배적이었고 강혁 역시 같은 생각을 하고 있었다.

최강 휘명고등학교와 다크호스 동명고등학교의 리벤지 매치.

이 상황에서 조금의 말실수가 나온다면 언론의 먹잇감으로 전락하기 십상이었다.

"8강전은 이틀 후입니다. 지난 3경기에서 완투한 한정훈 선수는 등판시키지 않을 예정입니다."

강혁이 단호한 목소리로 말했다. 선수 보호 원칙상 당연한 결정이고 당연하게 받아들여야 하는 결정이었다.

그러나 가십거리를 좋아하는 기자들이 그 말을 쉽게 넘길 리 없었다.

"상대는 휘명고등학교일 가능성이 높습니다. 그런데 에이스 한정훈 선수를 아낄 생각이십니까?"

다른 기자가 말꼬리 잡듯 물었다. 특히나 에이스라는 단어에 강조를 주며 강혁의 심기를 건드리려 했다.

하지만 고작 그 정도로 강혁의 포커페이스가 무너질 리 없었다.

"8강전 선발투수는 공명찬 선수입니다. 그리고 홍영철 선수도 등판을 준비시킬 생각입니다."

"그럼 한정훈 선수는요? 설마 경기 후반에도 나오지 않는 겁니까?"

"8강전 그다음에는 4강전이 있습니다. 8강전에서 승리한다면 4강전 선발투수는 다시 한정훈 선수가 될 겁니다."

강혁이 태연하게 4강전을 입에 올리자 기자들의 입에서 실소가 터져 나왔다.

휘명고등학교를 상대로 4강이라니.

경복고등학교 이원일 감독이라면 모르겠지만 운 좋게 여기까지 온 강혁이 할 말은 아니라는 반응이었다.

하지만 공은 둥글고 경기는 해봐야 아는 게 야구다.

동명고등학교 감독으로서 강혁은 호락호락하게 경기를 내줄 생각이 추호도 없었다.

꿀맛 같은 하루의 휴식은 빠르게 지났다.

그리고 모두의 예상대로 동명고등학교와 휘명고등학교의 봉황기 8강전 1경기가 열렸다.

"명찬 선배, 살살 해요. 벌써부터 힘 빼면 어떻게 해요?"

기합으로 가득 찬 공명찬의 연습 투구를 지켜보던 한정훈이 딴죽을 걸었다.

의욕이 넘치는 것 까진 좋았지만 저러다 오버 페이스가 될까 봐 걱정이었다.

하지만 봉황기에 처음으로 선발 등판하게 된 공명찬은 한정훈의 염려가 귀에 들어오지 않았다.

"넌 감독님이 오늘까지 푹 쉬라고 하셨는데 왜 여기 와서 난리야?"

"왜 나오긴요. 경기가 있으니까 나왔죠."

"뭐야? 설마 오늘도 등판하려고?"

"미쳤어요? 3경기 연속으로 던졌는데 나보고 또 던지라고요?"

"그럼 쓸데없는 걱정 말고 구경이나 해. 내가 오늘을 얼마나 벼르고 있었는지 알아?"

서울시 봄철 야구 대회에서 공명찬에게 첫 패배를 안긴 상대가 다름 아닌 휘명고등학교였다.

공명찬도 잘 던졌지만 휘명고등학교의 짜임새 있는 야구를 감당하지 못했다.

6이닝 5실점.

팀은 6 대 3으로 패했다.

그때 공명찬은 처음으로 눈물을 보였다.

야구를 하면서 뜻대로 안 될 때의 분하고 억울함을 그제야 알게 된 것이다.

그 경기 이후로 공명찬은 더욱 성장했다. 그걸 스스로도 느끼고 있었다.

그래서일까. 오늘 경기에서 휘명고등학교를 상대로 멋진 복수극을 성사시키겠다는 꿈에 부풀어 올라 있었다.

경기 전 평정심을 유지하려 노력하는 한정훈의 입장에서는 공명찬의 모습이 불안해 보일 수밖에 없었다.

하지만 이 상황에서 어쭙잖은 충고를 하기도 곤란했다.

표면적으로 공명찬은 에이스 자리를 후배에게 빼앗긴 1년 선배다.

후배로서 살갑게 입에 발린 소리를 할 자신이 없다면 차라리 입을 다물어주는 편이 모두를 위해 좋았다.

"선배, 힘내요."

한정훈이 그 한마디를 남기고 더그아웃으로 돌아갔다.

그 모습을 지켜보던 공명찬이 자신만만한 표정으로 중얼거렸다.

"넌 인마, 다음 경기 선발로 나갈 준비나 하고 있어."

공명찬은 자신이 휘명고등학교 타선을 2점 이내로 막아낸다면 충분히 승산이 있다고 판단했다.

하지만 애석하게도 경기는 공명찬의 기대대로 흐르지 않았다.

1회와 2회 휘명고등학교를 삼자범퇴로 돌려세울 때까지만 하더라도 공명찬의 기세는 좋았다.

부쩍 구속을 끌어올린 패스트볼을 앞세워 공격적인 피칭을 한 게 효과를 보인 것이다.

하지만 3회에 불의의 홈런을 얻어맞은 데 이어 4회에 연속 안타를 허용하면서 공명찬이 흔들렸다.

고심하던 강혁이 공명찬을 조금 더 끌고 갔지만 추가 실점을 막진 못했다.

5이닝 3실점.

좋다고도 나쁘다고도 할 수 없는 성적으로 공명찬이 내려가고 그 다음 바통을 홍영철이 이어 받았다.

공명철만큼이나 홍영철의 투구도 나쁘지 않았다.

좌완의 이점을 살려 스트라이크존의 구석구석에 공을 찔러 넣는 게 인상적이었다.

그러나 휘명고등학교 타선도 만만치 않았다.

구속에 약점이 있는 홍영철의 공을 끝까지 물고 늘어지며 추가 득점에 성공한 것이다.

7회에 한 점, 8회에 또 한 점.

3이닝 동안 2실점 한 홍영철마저 마운드를 내려오자 승기는 완전히 휘명고등학교 쪽으로 넘어가 버렸다.

"흠……."

강혁 감독은 씁쓸한 눈으로 기록지를 살폈다.

공명찬과 홍영철의 투구 내용은 예상과 크게 다르지 않았다.

긍정적인 예상보다는 부정적인 예상 쪽에 맞물렸다는 게 아쉽긴 해도 투수들이 못 던졌다고 보긴 어려웠다.

정작 문제는 타자들이었다.

앞선 경기까지 3경기 연속 10득점 이상에 성공했던 타자들이 휘명고등학교의 에이스 성진우의 정교한 피칭에 휘말려 4안타의 빈공에 그치고 있었다.

최소 3득점 이상을 기대했지만 결과는 1득점.

그마저도 상대 실책이 나오지 않았다면 전광판의 숫자는 계속해서 0에 머물러 있었을 것이다.

"후우……."

강혁이 길게 한숨을 내쉬었다.

잠깐 생각에 잠긴 사이 8회 말 동명고등학교의 공격이 허무하게 끝나 버렸다.

"어떻게 할까요?"

최창오가 강혁에게 다가와 물었다.

9회에 홍영철을 올리기에는 투구 수가 많았다. 게다가 이미 승패가 갈린 경기였다.

그렇다면 불펜 대기 중인 다른 투수들에게도 기회를 주는 편이 나았다.

강혁은 대답 대신 한정훈 쪽으로 고개를 돌렸다.

불현듯 이런 상황에서 더그아웃을 지키고 있는 에이스에게 미안한 마음이 든 것이다.

강혁은 어쩌면 휴식을 명한 자신을 원망하고 있을지도 모른다고 여겼다.

그러나 정작 한정훈은 선수들을 독려하느라 정신이 없었다. 경기에 출전하지 못하는 만년 후보 선수라도 되는 것처럼 말이다.

하지만 강혁은 그런 한정훈의 모습이 조금도 우습지 않았다. 오히려 대견하게만 느껴졌다.

"에이스의 자존심은 마운드 위에서 세우는 것이다. 더그아웃에서는 에이스든 후보 선수든 똑같은 팀의 일원일 뿐이다."

강혁이 흘리듯 내뱉었던 그 말을 어린 한정훈이 흘려듣지 않고 몸소 실천해 주고 있는 것이다.

"정훈이를 준비시킬까요?"

강혁의 시선을 오해한 최창오가 넌지시 물었다. 그러자 강혁이 냉큼 고개를 흔들었다.

"오늘까지 정훈이는 휴식입니다. 일단 성기를 먼저 올리고 곧바로 영민이를 올리도록 합시다."

강혁의 지시에 따라 투수로 전향한 2학년 홍성기가 먼저 마운드에 올랐다.

처음으로 전국 대회에 등판해 잔뜩 긴장해 버린 홍성기는 선두 타자를 몸에 맞는 공으로 출루시키고 말았다.

하지만 마운드를 방문한 강혁의 격려 속에 그 다음 타자를 외야 플라이로 처리하며 자신의 역할을 다했다.

바통을 이어 받은 노영민은 강혁에게 사사받은 슬라이더로 더블플레이를 이끌어냈다.

9회 초 휘명고등학교의 공격은 무득점 종료.

그리고 이어진 동명고등학교의 9회 말 공격에서 강한우와 장성민의 연타석 홈런이 터져 나오면서 2점을 따라붙었다.

하지만 거기까지였다. 뒤이은 타자들이 범타로 물러나며 끝내 경기를 뒤집지 못했다.

최종 스코어 5 대 3.

모두의 예상대로 휘명고등학교가 동명고등학교를 누르고 봉황기 4강에 진출했다.

"크으으."

공명찬의 눈에서 참았던 눈물이 터졌다. 선발투수로서 패배에 대한 책임감을 느낀 것이다.

그러나 강혁은 공명찬의 눈물에 동의하지 않았다.

"잘 던졌다. 그러니까 고개 들어라."

공명찬은 분명 최선을 다했다.

경기 결과에 신경 쓰지 않을 수는 없겠지만 모든 걸 자신의 탓으로 돌릴 필요도 없었다.

"선배, 잘 던졌어요."

한정훈이 강혁을 대신해 공명찬의 어깨를 감쌌다.

뒤이어 선수들이 한데 모여 공명찬과 홍영철을 위로하고 격려했다.

그 모습을 지켜보는 동명고등학교 응원석도 울음바다로 변했다.

하지만 강혁은 끝내 눈물을 보이지 않았다.

이제 겨우 봉황기가 끝났을 뿐이다.

그리고 전국 대회는 4개나 더 남아 있었다.

나흘 후. 휘명고등학교 대 중흥고등학교의 봉황기 결승전이 열렸다.

상당수의 기자는 휘명고등학교의 우승을 점쳤다.

그러나 원투 펀치를 쏟아부은 중흥고등학교의 파격 전술이 휘명고등학교의 상승세를 잠재워 버렸다.

1 대 0. 중흥고등학교의 승리.

이로써 봉황기의 새로운 주인이 가려졌다.

우승 중흥고등학교.

준우승 휘명고등학교.

동명고등학교는 베스트 8에 선정되었다.

결승전 경기가 끝나고 선수들의 수상이 이어졌다.

대회 MVP는 팀을 우승으로 이끈 중흥고등학교의 에이스 이승민이 차지했다.

그리고 모두의 관심을 모았던 최우수 투수상 수상자로 한정훈이 이름을 올렸다.

평균 자책점 부분

1위 동명고등학교 한정훈(0.00 – 15이닝 무실점)

2위 중흥고등학교 이승민(1.80 – 20이닝 4실점)

3위 휘명고등학교 성진우(2.04 – 22이닝 5실점)

최다 탈삼진 부분

1위 동명고등학교 한정훈(30개, 이닝 당 2.0개)

2위 중흥고등학교 강현승(29개, 이닝 당 1.3개)

3위 중흥고등학교 이승민(27개, 이닝 당 1.4개)

최다 승리 부분

1위 중흥고등학교 이승민(3승, 4경기)

1위 중흥고등학교 강현승(3승, 4경기)

1위 휘명고등학교 성진우(3승, 4경기)

1위 동명고등학교 한정훈(3승, 3경기)

1위 광일고등학교 박진우(3승, 3경기)

최일식의 예상과는 다르게 최우수 투수상에 대한 논란은 없었다. 아니, 논란의 여지조차 존재하지 않았다.

결승전에서 최다승 투수가 나올 것이라는 예상이 빗나가면서 모든 게 한정훈에게 유리하게 돌아간 결과였다.

똑같이 3승을 거두던 이승민과 강현승, 성진우가 동시에 결승 무대에 올랐지만 그들 중 누구도 승리를 챙기지 못했다.

덕분에 3승을 거둔 한정훈이 다승 1위 그룹에 합류했다.

거기에 평균 자책점은 압도적인 1위. 탈삼진도 1위.

비공식 투수 부분 트리플 크라운을 달성했으니 그 누구도 이의를 제기할 수 없었다.

봉황기 최고의 투수 한정훈, 코시엔 마운드에 오른다.

최일식은 기다렸다는 듯이 자극적인 제목으로 기사를 올렸다.

한예리의 기사로 달궈진 아마 야구팬들의 반응은 예상보다 훨씬 뜨거웠다.

우승 팀도 아닌 8강팀에서 투수 부분 트리플 크라운이 나왔으니 대표팀에 1순위로 승선시켜야 한다는 목소리가 높아졌다.

"정말 되려나?"

처음에는 큰 기대를 하지 않았던 한정훈도 어느새 고교야구 대표팀 명단 발표를 기다리기 시작했다.

그로부터 며칠 뒤

정훈아 잘지내지? 조만간 연락 가겠지만 먼저 문자 보낸다. 태극 마크 단 거 축하한다. 훈련 전까지 컨디션 조절 잘하고 있어라.

박찬오의 카톡 메시지가 한정훈의 액정 화면 위로 떠올랐다.

"허……!"

한정훈은 믿기지 않아 몇 번이고 메시지를 살폈다. 그러곤 한참 만에 우스꽝스러운 웃음을 터뜨렸다.

내가 대표라니! 내가 국가 대표라니!

이제야 좀 과거로 돌아온 보상을 받는 기분이었다.

하지만 고작 한일 고교야구 대항전으로 만족할 순 없었다.

세계 청소년 야구 선수권 대회, 그리고 아시안 게임까지.

이렇게 된 이상 가시권에 들어온 대회들은 전부 참가하고 싶어졌다.

12장
이기주의

1

봉황기가 끝난 직후 한일 고교야구 대항전 일정이 공식 발표되었다.

대회 일정은 6월 12일부터 26일까지.

대회 참가 팀은 한국 고교야구 대표팀과 일본 고교야구 선발팀 5팀 등 총 6팀으로 결정되었다.

자국 내 고교야구의 인기가 높은 일본은 토너먼트 형식의 경기 방식을 원했다.

그래서 한국에서도 최소 3팀이 참가해 주길 바랐다.

그러나 6월에 열리는 전국 대회 황금사자기를 포기하고

한일 고교야구 대항전에 참가할 수 있는 한국 고교야구팀은 존재하지 않았다.

결국 양국이 조율해 결정한 경기 방식은 풀 리그제.

한국 고교야구 대표팀과 올 4월에 열린 코시엔의 4강 팀, 그리고 일본 협회 추천 팀 등 총 6팀이 풀 리그 방식으로 경기를 가진 뒤 5, 6위와 3, 4위가 순위 결정전을 갖고 상위 1, 2위가 우승을 놓고 다투는 방식이었다.

경기 일정과 방식이 확정되자 협회는 선수 선발에 열을 올렸다.

양국이 합의한 선수 엔트리는 총 20명(경기 출전은 18명).

관례에 따라 협회는 야수 12명과 투수 6명, 그리고 예비 선수 2명을 선발하기로 결정했다.

야수 선발은 생각보다 수월했다.

봉황기 성적 평가 50퍼센트. 봉황기 이전까지의 성적 평가 30퍼센트. 여기에 심사위원 평가 점수 20퍼센트를 더하고 보니 의견이 갈리는 선수가 거의 없었다.

문제는 투수였다. 봉황기 이전 성적 30퍼센트 때문에 봉황기에서 두각을 보인 일부 선수들의 평가가 애매해진 것이다.

"내부 평가 규정이 있으니 일단은 원칙적으로 이야기해 봅시다."

아주 잠깐, 고심하는 척 굴던 선수 선발 위원장이 원칙대로 논하자는 뻔한 말을 늘어놓았다.

그 말에 모든 위원이 기다렸다는 듯이 고개를 끄덕거렸다.

"이승민과 강현승, 둘 다 데려갈 수 있다면 좋겠지만 중흥고 감독이 좋아하진 않겠죠?"

"중흥고도 황금사자기를 치러야 하니까요. 둘 다 실력은 비슷하니 일단 다른 선수들을 선발한 다음에 좌우 균형을 맞추는 게 좋겠습니다."

"그렇다면 휘명고 성진우는 데려가야죠."

"광일고 우완 박진우도 제몫은 다 할 겁니다."

"해운고 송근영은 어떻습니까."

"송근영도 괜찮죠. 해운고가 초반에 휘명고를 만나지 않았다면 8강까진 무난했을 테니까요."

"그렇게 따지면 윤형진도 아깝죠. 충일고등학교 전력이 좋았다면 봉황기에서 더 좋은 모습을 보여 줬을 겁니다."

두 시간 가까운 논의 끝에 선수 선발 위원회는 투수 선발을 마무리 지었다.

휘명고등학교 3학년 성진우(좌완)

광일고등학교 3학년 박진우(우완)

해운고등학교 3학년 송근영(좌완)

충일고등학교 3학년 윤형진(좌완)

승지고등학교 3학년 이규환(우완/사이드)

중흥고등학교 3학년 이승민(우완)

가장 많은 표를 받은 성진우, 박진우, 송근영, 윤형진이 우선 선발됐고 좌우 균형 원칙에 따라 중흥고등학교에서는 이승민이 뽑혔다.

마지막으로 사이드 암 중에서는 가장 실력이 뛰어난 이규환이 막차를 탔다.

이때까지만 해도 한정훈의 이름은 거론되지 않았다.

봉황기 최우수 투수상을 받긴 했지만 그 이전의 성적이 없었고 심사위원 평가에서도 좋은 점수를 받지 못한 탓이었다.

선수 선발 위원회의 눈 밖에 난 선수가 국제 대회에 출전한 적은 단 한 번도 없었다. 당연하게도 위원들은 한정훈이 선발될 리 없다고 여겼다.

하지만 박찬오의 생각은 다른 모양이었다.

"이렇게 18명을 추려 봤습니다. 그리고 예비 엔트리 말인데……."

"아, 협회장님께서 예비 엔트리는 제게 일임하신다고 하셨습니다."

"그 이야기는 저도 들었습니다만 그래도 위원회의 추천을 받는 게 모양새가 좋지 않겠습니까?"

위원장은 노골적으로 협회에 입맛에 맞는 선수들을 선발하라 강요했다.

하지만 박찬오는 눈 하나 꿈쩍하지 않았다.

협회의 알력에 휘둘릴 생각이었다면 애당초 대표팀 감독 제의를 받아들이지 않았을 것이다.

"이미 예비 엔트리에 포함될 선수를 결정했습니다."

"박 감독!"

"위원장님, 감독으로서 제 권한도 지켜주셨으면 좋겠습니다."

"하아……. 좋습니다. 그럼 박 감독이 생각하는 그 선수는 누구입니까?"

"동명고등학교의 한정훈 선수와 이만호 선수입니다."

"동명이요? 동명은 겨우 8강에 든 팀이 아닙니까?"

"위원회에서 선발한 선수들 중에는 16강에도 들지 못한 고교 출신이 포함되어 있던데, 아닙니까?"

"크흠, 그거야 그 선수들의 실력이 보장되었기 때문에……."

"이 두 선수의 실력도 제가 보장합니다."

"아니, 그걸 어떻게……!"

"설마 제가 선수 보는 눈이 없다고 말씀하시려는 건 아니시죠?"

"허……!"

박찬오의 고집에 위원장은 곧장 협회장을 찾아갔다. 그러나 협회장도 난색을 보이긴 마찬가지였다.

"박 감독 고집은 나도 못 꺾어요."

"협회장님!"

"거 참. 나한테 이런다고 될 일이 아니라니까요."

"그럼 이대로 박 감독이 월권하는 걸 놔두란 말입니까?"

"그리고 얼핏 들어보니까 박 감독이 해당 선수에게 선발 통보를 보낸 모양입니다. 그러니 이쯤에서 타협하세요."

믿었던 협회장 카드가 무산되자 선수 선발 위원회는 다시 긴급회의를 가졌다.

그리고 나름의 협상 카드를 마련해 다시 박찬오를 찾았다.

"좋습니다. 그 두 선수, 선발하십시오."

"그건 허락받을 사항이 아닌 것 같은데요. 말씀드렸다시피 예비 선수 선발 권한은……."

"박 감독하고 입씨름하려고 온 거 아닙니다. 대신 이것 하나는 약속합시다. 그 두 선수는 예비 선수입니다. 말 그대로, 다른 선수들이 부상을 당하지 않는 한은 출전시키지 않았으면 합니다."

위원장의 요구 사항은 간단했다.

예비 엔트리를 말 그대로 예비 엔트리로만 사용할 것.

그래야만 선수 선발 위원회 측도 체면을 세울 수 있었다.

하지만 박찬오는 위원회의 꼼수를 받아줄 마음이 눈곱만

큼도 없었다.

"대회 규정을 잘못 이해하셨나 본데 예비 엔트리는 예비 선수를 의미하는 게 아닙니다. 출전 선수 18명의 혹사 및 부상 방지 차원에서 추가로 주어진 엔트리입니다."

"박 감독, 우리가 설마 그걸 모르고⋯⋯."

"저는! 일본 고교 팀에게 지기 위해 이 대회를 추진했던 게 아닙니다. 그런데 좋은 선수를 추천해 줘도 모자랄 선수 선발 위원회에서 이런 식으로 훼방을 놓는다면 제가 어떻게 좋은 결과를 만들 수 있겠습니까?"

"뭐요? 훼방? 허⋯⋯! 박 감독, 지금 말 다 했소?"

박찬오의 강경 발언에 위원장은 할 말을 잃었다.

기존의 대표팀 감독 중에는 프로 출신 감독들도 있었다.

하지만 그들 중 누구도 박찬오처럼 협회의 조언이나 충고를 간섭으로 받아들이진 않았다.

그렇다고 고작 예비 엔트리 두 자리를 놓고 박찬오와 전면전을 벌이기도 어려웠다.

협회장에게 듣기로는 위원회에서 추천한 선수 중 일부에 대해 박찬오가 불만을 가지고 있다고 한다.

만약 박찬오의 요구를 인정해 주지 않으면, 박찬오도 위원회가 선발한 선수를 거부할지 몰랐다.

"좋습니다. 어디 박 감독 뜻대로 해보십시오. 단, 정말 좋은 성적을 내셔야 할 겁니다."

위원장은 일단 한발 물러났다.

그러면서도 성적이 좋지 않으면 그 책임을 물을 수 있다는 뜻을 노골적으로 내비쳤다.

그런 위원장의 고집스럽고 이기적인 태도에 코리안 특급 박찬오도 고개를 절레절레 흔들 수밖에 없었다.

답답했다. 그만큼 화도 났다. 협회의 이기심은 메이저리그로 떠났던 그 시절이나 지금이나 달라진 게 아무것도 없었다. 그렇다고 이제 와서 감독 자리를 때려치울 수도 없는 노릇이었다.

감독 자리를 승낙했을 때처럼 혈혈단신이라면 또 모르겠지만 지금은 지켜줘야 할 선수들이 눈에 밟혔다.

"정훈아, 너 진짜 잘해야 해. 안 그러면 형 다시 미국 가야 할지도 몰라."

푸념하듯 중얼거리며 박찬오가 마우스를 클릭했다.

딸깍.

버튼 소리와 함께 모니터가 밝아졌다. 그와 동시에 누군가의 투구 영상이 재생되었다.

펑!

"스트라이크, 아웃!"

"크아아! 죽인다!"

심각하던 박찬오의 입에서 자신도 모르게 탄성이 터져 나왔다.

자신이 메이저리그 전성기 때 던졌던 라이징 패스트볼. 그 공이 영상 속에서 꿈틀대고 있었다.

2

박찬오가 협회로부터 한창 시달리고 있을 그 시간.

"……!"

가벼운 옷차림으로 커피숍에 들어온 한정훈은 예상치 못했던 누군가와 마주치고 말았다.

"정훈아, 오랜만이다."

김선인의 건너편에 앉아 있던 사내, 허세명 감독이 반가운 얼굴로 한정훈을 맞았다.

하지만 아무것도 모른 채 김선인의 전화를 받고 나온 한정훈의 얼굴은 딱딱하게 굳어져 있었다.

"이게…… 어떻게 된 거야?"

한정훈의 차가워진 시선이 김선인에게 향했다. 그러자 김선인이 한정훈의 팔을 잡아끌며 말했다.

"사람들 본다. 일단 앉아. 앉아서 이야기하자."

한정훈은 마지못해 자리에 앉았다.

자신을 바라보며 실실 웃고 있는 허세명 감독이 거북스러웠지만 이대로 가 버리면 김선인이 더 난처해질 것 같았다.

"정훈아, 뭐 마실래? 아직 점심 전이지? 그럼 차라리 옆에 고깃집 가서 밥부터 먹을까?"

허세명 감독이 고기로 한정훈을 유혹했다. 한창때인 운동선수들 치고 고기 싫어하는 사람은 없었다.

그러나 한정훈은 허세명 감독이 던지는 미끼를 넙죽 받아먹을 만큼 식충이가 아니었다.

"저 밥 먹고 왔어요."

"그래? 그럼 커피 시킬까?"

"커피는 원래 안 마셔요."

"그럼 주스라도……."

"그것보다 여기까진 어쩐 일이세요?"

한정훈이 단도직입적으로 물었다.

대체 날 불러낸 용건이 뭡니까?

애써 삼킨 말이 싸늘한 시선을 타고 전해졌다.

'이놈의 자식이!'

순간 허세명 감독의 눈매가 파르르 떨렸다.

한정훈이 싸가지 없다는 건 예전부터 알고 있었지만 자신에게 이렇게 무례하게 굴 줄은 생각지도 못했다.

"정훈아, 뭐 하는 거야. 감독님이시잖아."

허세명 감독의 눈치를 보며 김선인이 한정훈을 말렸다.

갑작스럽게 만났다고 해도 일단은 어른이고 전임 감독이었다. 그렇다면 최소한의 예의를 갖추는 게 옳았다.

그러나 친구를 속여 곤란한 상황으로 끌어들인 김선인이 예의 찾을 처지는 아니었다.

"넌 조용히 하고 있어."

"⋯⋯뭐?"

"나 기분 별로니까 그 입 다물고 있으라고."

"저, 정훈아."

"후우⋯⋯. 넌 끝나고 말하자."

한정훈이 단호하게 고개를 돌렸다. 이 일에 더 이상 김선인이 끼어들도록 놔두고 싶지 않았다.

물론 자신을 끌어들인 건 김선인이다.

하지만 허세명 감독이 김선인에게 먼저 접근해서 자신을 불러냈다는 것쯤은 충분히 예상할 수 있는 일이었다.

김선인이 이쯤에서 입을 다물고 지켜본다면 친구로서 최소한의 의리는 지켜줄 생각이었다. 그러나 쓸데없이 허세명 감독의 편을 들려 한다면 친구라고 해도 용서가 될 것 같지 않았다.

다행히도 예나 지금이나 김선인은 눈치가 빠른 편이었다.

"저…… 감독님, 죄송한데 잠깐 화장실 좀 다녀오겠습니다."

고심하던 김선인이 도주를 선택했다.

허세명 감독이 다급히 손을 뻗었지만 정말 소변이 급한 것처럼 사라지는 김선인을 붙잡지는 못했다.

자연스럽게 테이블에는 한정훈과 허세명 감독. 단둘이 남게 됐다.

'망할 녀석.'

허세명 감독이 질근 입술을 깨물었다.

이런 불편한 상황이 만들어질까 봐 일부러 김선인을 끌어들였는데 결국 아무 소용이 없게 되어버렸다.

이건 분명 거래 위반이었다.

허세명 감독은 김선인에게 최고급 야구 장비를 선물하면서 내년에 대학교에 진학할 때 추천서를 써주겠다고 말했다.

그 대가로 김선인은 한정훈을 이 자리에 불러내고 자신을 도와주기로 약속했다. 그런데 믿었던 김선인이 제멋대로 내빼 버렸으니 일이 꼬이는 기분마저 들었다.

"크흠, 내가 너무 갑작스럽게 찾아왔나?"

허세명 감독이 한참 만에 입을 열었다. 그러고는 억지로 미소를 지어 보였다.

비록 한정훈과 살갑게 지낸 사이는 아니지만 그래도 사제지간이다. 그 인연은 쉽게 깨지지 않는다고 믿었다.

하지만 왠지 능글맞아 보이기까지 한 미소는 안 하니만 못한 결과를 낳았다.

"감독님, 저 짐 싸야 해요."

한정훈이 질색하며 말했다.

그렇지 않아도 대표팀에 합류하기 전에 할 일이 산더미 같았다.

이런 곳에서, 다른 사람도 아닌 허세명 감독에게 허비하고 있을 시간은 없었다.

"아 참, 내 정신 좀 보게. 소식 들었다. 대표팀에 선발됐더구나. 축하한다."

허세명 감독이 냉큼 한정훈의 말을 받았다.

한정훈 나이 또래의 선수들은 본래 칭찬에 약한 법이다.

적당히 추켜세우고 인정해 주면 한정훈의 굳게 닫힌 마음도 조금은 열리지 않을까 기대했다.

그러나 한정훈의 반응은 여전히 냉담하기만 했다.

"감사합니다."

그게 끝이었다. 의례상 다 감독님 덕분입니다라는 말을 덧붙일 만도 한데 입을 굳게 다물어 버렸다.

'아오……!'

하지만 애석하게도 선택의 여지는 없었다.

강문고등학교 야구부에 정식으로 부임하기 위해서는 한정훈의 도움이 꼭 필요했다.

아니, 한정훈만 빼내 올 수 있다면 강문고등학교가 아니라 더 좋은 학교의 감독 자리를 차지하게 될 수도 있었다.

봉황기 최우수 투수이자 한일 고교야구 대항전 대표 투수.

고교야구에서 이 정도 되는 투수를 마다할 만한 팀은 손에 꼽힐 정도였다.

"감사는 무슨. 스승으로서 당연히 축하해야지. 그런데…… 강 감독하고는 잘 지내니?"

애써 시커먼 속내를 숨기며 허세명 감독이 넌지시 운을 뗐다.

김선인에게 듣기로 한정훈과 강혁은 무난한 사이라고 했다. 그러나 항간에 떠도는 소문은 좀 달랐다.

봉황기 8강전에서 보여준 강혁의 투수 기용에 대해 한정훈이 상당한 불만을 갖고 있다는 말이 나돌고 있었다.

허세명 감독도 그 소문을 듣고 진위를 파악하기 위해 이 자리까지 찾아왔다. 하지만 그건 한정훈과 강혁의 끈끈한 유대 관계를 모르는 이들이 떠드는 헛소리에 불과했다.

"네, 좋은 분이세요. 많이 배우고 있습니다."

"그래?"

"이번에 최우수 투수상 탄 것도 다 강혁 감독님 덕분이에요."

"그, 그렇구나."

한정훈의 입에서 예상 밖의 대답이 나오자 허세명 감독의 표정이 복잡해졌다.

분위기를 봐서 강혁을 깎아내리며 한정훈을 살살 구슬릴 생각이었는데 그래서는 안 될 것 같았다.

말투에서부터 한정훈은 강혁을 단단히 신뢰하고 있었다.

모든 공을 강혁에게 돌리는 것으로 봐서는 어지간한 조건을 내세운다 하더라도 자신을 따라와 줄 것 같지 않았다.

'한정훈은 포기하고 명찬이나 영철이를 데려오는 게 낫겠어.'

허세명 감독은 이내 생각을 고쳐먹었다.

한정훈만은 못하더라도 지금 상황이라면 공명찬이나 홍영철을 영입하는 게 훨씬 수월할 것 같았다.

"어쨌든 잘 지내고 있는 것 같으니 다행이다. 퇴임할 때 네 얼굴을 못 봐서 그게 신경 쓰여서 한 번 보자고 한 거니까 너무 부담스러워 하진 말고. 앞으로도 지금처럼 운동 열심히 해라. 알았지?"

자신이 생각해도 웃기지도 않는 변명을 남기며 허세명 감독은 서둘러 자리에서 일어났다. 그리고 한정훈에게 대뜸 손을 내밀었다.

내키진 않았지만 그렇게 해야 제자를 아끼는 좋은 감독으로 포장이 될 것 같았다.

잠시 머뭇거리던 한정훈도 이내 허세명 감독의 손을 맞잡았다.

'후우…….'

허세명 감독은 속으로 안도의 한숨을 내쉬었다.

한정훈을 빼내려는 계획은 수포로 돌아갔지만 이렇게라도 이야기가 정리된 것 같아 다행이었다.

"그럼, 난 먼저 가 보마."

"네, 조심해서 가세요."

"그래, 다음에 보자."

허세명 감독은 한달음에 커피숍을 나섰다. 그리고 만약을 대비해 김선인에게 문자를 보냈다.

약속은 없었던 것으로 알겠다. 대신 나하고 있었던 이야기 누구에게도 하지 마라 절대로.

김선인을 끌어들이긴 했지만 그건 어디까지나 한정훈이라는 대어를 낚기 위한 미끼에 불과했다.

한정훈을 놓친 이상 굳이 무리를 해서 김선인을 데려갈 필요는 없었다.

"뭐야!"

문자를 확인한 김선인은 냉큼 허세명 감독에게 전화를 걸었다.

하지만 매정하게도 허세명 감독은 전화를 받지 않았다.

그때였다.

지이잉.

핸드폰이 울리며 액정 화면에 메시지가 떠올랐다.

너 나 불러내 놓고 어디서 뭐 하냐.

"저, 정훈아!"

김선인은 울먹일 듯한 얼굴로 커피숍으로 되돌아갔다.

허세명 감독이 사라진 테이블에는 한정훈이 홀로 앉아 달달한 커피를 홀짝거리고 있었다.

"정훈아⋯⋯."

김선인이 조심스럽게 한정훈에게 다가갔다.

그러자 한정훈이 눈매를 굳히며 턱으로 건너편 의자를 가리켰다.

"미안. 나도 이렇게 될 줄은 몰랐어."

김선인은 자리에 앉기도 전에 사과부터 늘어놓았다.

허세명 감독의 경고 때문에 모든 걸 다 밝히긴 어려웠지만 그래도 친구로서 한정훈에게는 용서를 구해야 할 것 같았다.

"후⋯⋯."

한정훈은 대답 대신 길게 한숨을 내쉬었다.

만약 과거의 한정훈이었다면 김선인을 쉽게 용서하지 못했을 것이다. 아니, 애당초 과거의 한정훈은 허세명 감독의 영입 대상에 포함되어 있지 않았다.

그러니 김선인이 이런 식으로 자신을 속이는 일도 일어나지 않았을 것이다.

'그래. 네가 뭔 잘못이겠냐. 잘난 내 잘못이지.'

한정훈은 이내 쓴웃음을 지었다. 하지만 이대로 얼렁뚱땅 넘어갈 생각은 없었다.

김선인을 위해서라도 자신이 뭘 잘못했는지 정도는 제대로 깨닫게 해줄 생각이었다.

"허 감독이 뭐라고 하디? 대학교 갈 때 추천서라도 써준데?"

"응? 그, 그걸 어떻게 알았어? 허 감독님이 다 이야기한 거야?"

"시끄럽고. 너 그 추천서 받으려면 동명고등학교 그만두고 허 감독 따라가야 하는 건 알고 있나?"

"으응……."

"허 감독이 가려는 팀이 신생팀인 건 들었고?"

"뭐? 신생이야? 아닌데. 나한테는 분명히……."

뭐라 변명하려던 김선인이 입을 다물었다.

이 상황에서 무슨 말을 늘어놓던 우스운 꼴을 면치 못할 것 같았다.

"으이그, 이 밥팅아. 내가 아는 사람한테 들었는데 허 감독 아직 정식 감독이 된 것도 아니래. 지금 이야기하고 있는 학교에서도 야구부를 만드는데 인원이 부족하니까 몇 명 데려오면 감독 시켜준다고 했다더라고."

"헐……."

"그런데 넌 그런 것도 모르고 냉큼 허 감독 따라갈 생각했냐? 그리고 전학 가면 못해도 반년은 경기 출전 못 하는 건 알고나 있어?"

"뭐? 반년? 정말이야?"

"하아……. 너 진짜 고등학교 야구 선수 맞냐?"

한정훈은 그 자리에서 협회의 선수 등록 규정을 찾아서 보여주었다.

협회 규정에 따르면 전학을 간 선수는 최소 6개월에서 최대 1년간 대회 출전이 금지된다. 출전 제한을 최소로 잡더라도 지금 이 시점에서 전학을 할 경우 남은 전국 대회에 출전하는 게 어려워진다.

결과적으로 2학년을 통째로 날리는 거나 다름없었다.

"이런 게 있었어?"

내용을 훑어 내린 김선인의 눈이 동그랗게 변했다.

지금까지 살면서 한두 번은 들어 봤을 규정이지만 자신의 일이 아니라고 여기다 보니 새삼스러운 모양이었다.

물론 전학에 따른 예외 규정도 있었다.

창단된 지 1년이 안 되는 신생팀의 경우 18명의 선수 규모를 채울 때까지는 이 페널티에서 자유로울 수 있었다.

하지만 그런 신생 학교에 간다고 해서 김선인의 미래가 확 달라지는 건 아니었다.

주전 확보는 쉬울지 모르겠지만 전국 대회의 성적은 기대하기 어려워질 것이다.

그보다는 차라리 당분간 백업 선수로 버티며 동명고등학교에서 주전 도약을 노리는 편이 현명했다.

"하아, 난 진짜 왜 이러냐."

김선인이 자책하듯 중얼거렸다.

허세명 감독에게서 연락이 올 때만 하더라도 야구 인생에 한 획을 그을 대단한 기회가 찾아왔다고 여겼는데…… 그게 아닌 모양이었다.

"선인아, 내가 이런 말 하는 건 좀 우습지만…… 조금만 더 열심히 하자. 물론 지금도 잘하고 있어. 그래도 난 네가 실력으로 건우 선배 자리를 뺏었으면 해. 그러니까 조금 더 노력해 봐. 노력은 결코 배신하지 않으니까."

한정훈이 위로하듯 한마디 건넸다. 김선인이 제대로 귀담아 들을지는 모르겠지만 그래도 친구로서 충고가 필요해 보였다.

그런데 정작 김선인은 감격에 벅찬 얼굴이었다.

"그래. 고마워! 네 말대로 실력으로 건우 선배 자리를 빼앗아 볼게."

김선인이 단단히 주먹을 움켜쥐었다.

다른 사람도 아니고 한정훈이 그렇게 말해주니 정말 조금만 더 노력하면 동명고등학교의 주전 2루수가 될 수도 있을 것 같았다.

3

다음 날 아침.

허세명 감독은 제일 먼저 공명철에게 전화를 걸었다.

형편없는 실력에도 불구하고 작년 많은 기회를 주었으니 그 고마움을 잊지 않았다면 자신의 전화를 받고 한달음에 달려나와 줄 것이라 여겼다.

하지만 공명철은 끝내 허세명의 전화를 받지 않았다. 그보다 한발 먼저 강혁의 메시지가 도착했기 때문이다.

당분간 전임감독의 전화 받지 말 것, 만나지 말 것, 이적에 관한 이야기 들으면 즉시 알려줄 것.

김선인과 헤어진 뒤 한정훈은 자신이 겪은 바를 강혁에게 일렀다.

　그리고 눈치 빠른 강혁은 인맥을 총동원해 허세명 감독이 벌이려는 수작을 알아냈다.

　마음 같아서는 협회에 신고해 버리고 싶었지만 그랬다간 동명고등학교의 위상만 떨어질 것 같았다. 그래서 강혁은 자체적으로 선수 단속에 나섰다. 허세명 감독의 감언이설에 넘어가는 선수가 없기를 바라며.

　다행히도 문자 메시지를 받은 모든 선수는 강혁의 지시를 따랐다.

　덕분에 허세명 감독은 목표했던 3명 중 단 한 명도 채우지 못하고 강원도로 되돌아가게 됐다.

　그러는 사이 언론에 한일 고교야구 대항전 대표팀 명단이 공식 발표되었다.

　"역시 뽑혔군."

　한정훈의 이름을 확인한 최일식은 곧장 준비해 두었던 기사를 올렸다.

　고교야구 대표 선발 명단 확정.

　봉황기 최고 투수 한정훈 당당히 이름을 올려.

기사의 목적은 간단했다. 만에 하나 있을지 모를 협회 나 팔수들의 공격으로부터 한정훈을 보호하기 위함이었다.

최일식은 장기인 데이터를 잔뜩 첨부해 이번 선수 선발이 얼마나 공정하게 이루어졌는지 설명했다. 이미 한차례 최일식의 기사를 접한 대중들은 한정훈의 대표 선발을 긍정적으로 바라봤다.

여론이 조성되자 한정훈을 통해 박찬오를 견제하려던 협회의 계획은 무의미하게 되어버렸다.

"한정훈 이놈은 뭔데 이렇게 백이 많은 거야? 집이 잘살아? 아니면 아빠가 국회의원이라도 돼?"

여론의 추이를 살피던 협회 임원 하나가 빽 하고 소리를 내질렀다. 솔직히 부모가 모두 국회의원이라 하더라도 이렇듯 일이 잘 풀릴 것 같진 않았다.

그러나 정작 한정훈은 전혀 다른 시점에서 문제에 봉착해 있었다.

"아, 진짜. 여권 집에 있나? 하아, 젠장. 미치겠네."

집 안을 몇 번이고 뒤져 봤지만 여권은 나오지 않았다.

"후우……."

한숨만 푹푹 내쉬던 한정훈이 이내 핸드폰을 집어 들었다. 그리고 다시 한참을 망설이다 통화 버튼을 눌렀다.

뚜르르르. 뚜르르르.

두어 번의 통화 연결음이 울렸을까.

―어머, 정훈이니?

핸드폰 너머로 맑은 여성의 목소리가 울렸다.

to be continued